방랑자 헤세, 삶의 행복을 위한 여정

모든 길은 집으로 향한다

헤르만 헤세 지음

유혜자 옮김

KB191815

BOOKERS

작은 농가와 고국의 전원 풍경이여,
잘 있거라!
나는 어머니의 품을 떠나는 소년처럼
네게 작별을 고한다.

차례

헤세가 사랑한 시

농부의 집

이 집 근처에서 작별을 고한다. 이런 집을 앞으로 오랫동안 보지 못하게 되리라. 이제부터는 알프스 고개를 오르는 고갯길로 접어들고, 바로 이곳에서 북부 독일식 건축양식이 독일의 전원 풍경, 독일어와 함께 끝나기 때문이다.

이렇게 국경을 넘는 것은 얼마나 아름다운 일인가! 유목민이 농부보다 더 원시적이었던 것처럼 방랑자는 여러모로 원시적인 인간이라고 할 수 있다. 정착지에 머무는 삶을 끝내 벗어나 가볍게 경계선을 넘는 것은 나와 같은 부류의 사람들을 미래로 향하는 길

잡이로 만든다. 내 마음처럼 국경선을 가볍게 여기는 사람들이 세상에 많다면 전쟁도 없고, 봉쇄도 없을 것이다. 이 세상에 국경보다 혐오스럽고, 어리석기 짝이 없는 것은 없다. 그것은 대포나 장군들 같다. 이성, 인류애, 평화가 만연한 세상에서 사람들은 그런 것에 대해 별로 생각하지 않고, 웃어넘겨 버린다. 그러나 전쟁과 광기가 발발하면 그것은 매우 중요하고, 진지해진다. 그것은 우리 같은 방랑자들에게 얼마나 많은 고통을 주고, 감옥에 투옥하게 만들었던가? 악마가 데려가야 할 것들이다.

나는 수첩에 집을 그린다. 내 눈은 독일식 지붕, 독일식 대들보와 박공, 그것에서 느끼는 친숙함과 고향의 푸근함에 작별의 인사를 고한다. 작별이기 때문에 내 마음 깊은 곳에서 우러나는 고국에 대한 애정으로 다시 한번 나는 그 모든 걸 사랑한다. 내일이면 나는 다른 지붕, 다른 오두막을 사랑하게 될 것이다. 흔히 연애편지에 적혀 있는 것처럼 나는 내 마음을 여기에 두고 떠나지는 않는다. 오, 정말 그건 아니다. 내 마음과 함께 떠나리라. 산 너머 저쪽에서 보낼 시간에도 내게 그것이 필요하다. 나는 농부가 아니고, 유목민이기 때문이다. 나는 배신, 전환, 공상의 숭배자다. 나는 내 사랑이 지구상의 그 어떤 것에 붙잡혀 얽매이는 것을 원하지 않는다. 나는 우리가 뭔가를 사랑하는 것을 단순히 하나의 대상만을 보는 것이 아니라 그 대상을 통해 더 깊은 의미를 깨닫는 거라고 늘 생각한다. 우리의 사랑이 매달리는 곳이 충성과 미덕이 된다는 말에 나는 의심을 품는다.

농부들에게 축복이 있기를! 소유한 것을 지키고, 정착한 사람들의 충성심과 미덕에 행운이 깃들기를! 나는 그런 사람들에 대해 사랑, 존경, 부러움을 느낀다. 그러나 그런 미덕을 추종하려고 노력하느라 지난 반평생을 낭비했다. 내가 아닌 내가 되려고 했던 것이다.

나는 시인이 되고 싶었지만, 한편으로는 일반시민이 되고 싶었다. 나는 공상의 세계를 살아가는 예술가가 되고 싶었지만, 한편으로는 고향의 삶을 즐기는 미덕을 겸비하고 싶었다. 그 두 가지가 양립할 수 없다는 것을 알게 되기까지 오랜 시간이 걸렸다.

나는 유목민이었지, 농부가 아니었고, 찾아 나서는 사람이지, 소유한 것을 지키려는 사람이 아니었다. 오랫동안 나는 내게 단지 우상이었을 뿐인 여러 신들과 법칙을 숭배하려 나 자신을 학대하는 고행의 길을 걸었다. 그것이 나의 오류고, 괴로움이고, 이 세상의 고통에 대한 나의 공조였다.

나는 나 자신에게 폭력을 가하고, 구원을 향한 길로 접어들 용기를 내지 못하면서 이 세상에 더 많은 죄를 범하고, 고통을 증대시켰다. 구원의 길은 왼쪽으로도 오른쪽으로도 뻗어가지 않은 채 자기 자신의 마음으로 향하고, 오직 그곳에만 신이 있고, 그곳에만 평화가 있다.

산에서 습한 회오리바람이 나를 스치고 내려가고, 저 너머 푸른 하늘 조각이 다른 나라의 땅을 내려다본다. 저 하늘 아래에서 나는 종종 행복해하고, 자주 향수병도 앓으리라. 나처럼 순수한 방랑자 중에 완벽한 사람은 향수병 같은 것을 느끼지 않을 것이다. 나는 내가 완벽한 사람이 아니라는 것을 알고 있고, 그렇게 되려고 노력하지도 않는다. 나는 내가 맛보는 기쁨의 값을 치르듯, 향수병의 대가도 치르고 싶다.

내가 바람결을 거슬러 올라가며 맞는 맞바람에 물길이 나뉘고, 언어의 경계가 있는 산 너머 저쪽 먼 곳에서 불어오는 향긋한 향기가 산등성이와 남쪽을 향해 불어온다. 내게 많은 것을 약속해 주는 바람이다.

작은 농가와 고국의 전원 풍경이여, 잘 있거라! 나는 어머니의 품을 떠나는 소년처럼 네게 작별을 고한다. 소년은 이제 어머니의 품을 떠날 때가 되었다는 것을 알고 있고, 설령 본인이 원한다고 하더라도 어머니를 절대로, 완전히 벗어날 수 없다는 것도 알고 있다.

산고개

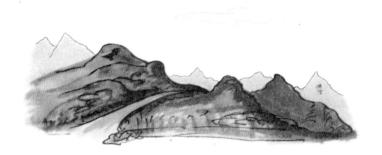

쭉 뻗어 있는 고갯길 위로 바람이 분다. 나무와 관목은 뒤에 남아 있고, 돌과 이끼만 이곳에서 자란다. 아무도 뭘 찾으러 여기까지 오지 않고, 이곳에 뭘 소유한 사람도 없고, 농부는 이 높은 곳에 건초나 나무를 쟁여 두지 않는다. 그러나 먼 곳을 향한 동경이 불타올라 그것이 바위와 질퍽한 웅덩이와 눈을 지나 다른 계곡과 다른 집, 다른 언어와 다른 사람들에게로 고갯길이 쭉 뻗어가게 만들어 놓았다.

산마루에서 나는 잠시 걸음을 멈췄다. 양쪽으로 길이 갈라진다. 물도 양쪽으로 흐르고, 여기 위에서는 손에 손을 맞잡은 듯 가까운 것들이 두 세계로 나뉘어 길을 따라 내려간다. 내 신발이 스친 작은 웅덩이의 물은 북쪽으로 흘러가 멀리 보이는 찬 바다로 유입될 것이다. 그러나 웅덩이에 바짝 붙어 있던 작은 눈덩이에서 녹은 물은 남쪽으로 흘러가 리구리아나 아드리아 해안을 따라 아프리카에 맞닿은 바다로 흘러간다.

하지만 지구상의 모든 물은 다시 만난다고 하지 않던가. 얼음 바다와 나일강은 습기를 머금고 떠다니는 구름 조각 안에서 뒤섞일 것이다. 오래된 아름다운 격언이 이 시간을 성스럽게 만든다. 우리 방랑자들에게도 모든 길은 집으로 향한다.

아직 내게 선택의 여지가 남아 있다. 북쪽을 볼 수도 있고, 남쪽을 볼 수도 있다. 그러나 오십 걸음만 더 걸어가면 내 앞에 남쪽 풍경만 펼쳐질 것이다. 푸르스름한 계곡을 거슬러 올라올 그것은 어떤 비밀스러운 숨을 내쉬고 있을까. 그것을 만날 기대에 내 심장은 얼마나 두근거리는지! 호수와 정원이 예감되고, 포도주와 아몬드의 향기가 풍겨오고, 동경과 로마 성지순례에 관한 오래된 성스러운 전설.

젊은 시절의 추억이 먼 계곡에서 울려 퍼지는 종소리처럼 내 안에 울려 퍼진다. 처음으로 남쪽 나라로 여행 갔을 때 느꼈던 흥분! 푸른 호숫가에 풀이 무성한 정원의 공기를 취한 듯 들이마시던 호흡! 저물녘 흐릿해지던 먼 고국 설산에서 들려오던 소리! 고대 유적지에서 만난 성스러운 기둥 앞에서 올렸던 첫 기도! 갈색 바위 너머로 거품이 이는 바다를 처음 보았던 꿈같은 순간!

이제 과거의 흥분은 더 이상 느껴지지 않고, 내가 사랑하는 사람들에게 먼 곳의 아름다움과 그것을 보러 온 나의 행운을 자랑하고픈 욕구도 없다. 내 마음이 이제는 더 이상 봄이 아니다. 여름이다. 낯선 사람들이 내게 전해 주는 인사가 이제는 예전과 다르게

들린다. 내 가슴속에 느껴지는 울림이 전보다 차분해
졌다. 나는 이제 모자를 허공에 던지지 않는다. 노래
도 부르지 않는다. 그러나 이제는 입만 움직이던 미소
를 더 이상 짓지 않는다. 영혼을 담아 눈으로, 온몸으
로 웃는다. 땅에서 올라오는 좋은 향기를 예전과 달리
더 세밀하고, 침착하고, 강렬하고, 숙련되고, 고마운
마음으로 받아들인다.

　그 모든 게 내게 예전보다 더 깊이, 풍성하게, 수백
가지의 의미로 다가온다. 취해 있는 나의 그리움이 베
일에 싸인 먼 곳을 더 이상 꿈의 색깔로 그리지 않는
다. 내 눈이 그 사이 제대로 보는 법을 배워 이제는 존
재하는 대로 보는 것에 만족해한다. 그렇게 된 다음부
터 세상이 더 아름다워졌다.

　세상이 더 아름다워 보인다. 나는 혼자지만 홀로
있음에 고통받지 않는다. 아무런 소원도 없다. 이제 나
는 태양에 빨갛게 익혀질 준비가 되어 있다. 더 성숙해
지고 싶은 욕망이 솟구친다. 죽음을 받아들일 각오가

되어 있고, 다시 태어날 마음의 준비도 되어 있다.

세상이 더 아름다워졌다.

마을

산 남쪽에서 만난 첫 마을. 여기에서 비로소 내가 사랑하는 방랑자의 삶, 목적지 없는 배회, 양지바른 곳에서 취하는 휴식, 자유로운 유랑 생활이 본격적으로 시작된다. 나는 필요한 물건들은 배낭에 짊어지고, 바짓단이 헤지도록 입고 다니는 것을 좋아하는 편이다.

선술집에서 포도주를 야외석으로 갖다 달라고 주문하고 기다리는데, 갑자기 페루치오 부소니가 생각났다. 취리히에서 마지막으로 만났을 때 "당신 좀 촌스러워 보이네요"라고 나랑 친한 어떤 사람이 우리가 마지막으로 만났을 때 약간 놀리는 말투로 내게 말했었다. 그리 오래된 일도 아니다. 취리히에서 안드레아는 말러 교향곡을 지휘했었고, 우리는 자주 들르는 식당에 모여 있었다. 난 부소니의 창백한 유령 같은 얼굴과 아직도 우리에게 여전히 남아 있는 반反예술주의자들의 날카로운 자각을 모처럼 다시 마주할 기대에 차 있었다. 그런데 왜 그날의 만남이 여기에서 생각났을까?

나는 그 이유를 안다! 내가 부소니를 생각하거나, 취리히 혹은 말러를 생각했기 때문이 아니다. 그것은 뭔가 마음을 불편하게 하는 것이 떠오를 때면 흔히 나타나는 기억의 오류다. 아무런 해를 끼치지 않는 그림들을 먼저 앞면에 내세우는 것이다. 이제는 나도 안다! 그 식당에는 나와 아무 말도 하지 않았던 눈부신 금발에 볼이 유난히 빨간 젊은 여인이 있었다. 천사 같은 여인! 그녀를 보는 것만으로도 내게는 가슴 벅찬 기쁨과 고통이었다. 그날 그 자리에서 난 그녀를 얼마나 사랑했던가! 나는 마치 열여덟 살 같았다.

갑자기 기억이 선명해진다. 아름답고, 눈부신 금발의 상큼한 여인! 난 그대의 이름을 더 이상 기억하지 못한다. 그날 그곳에서 나는 그대를 줄곧 사랑했고, 오늘 시골 마을의 양지바른 길에서도 한 시간 동안 사모했다. 이 세상 어느 누구도 나보다 그대를 더 사랑하지 않을 것이다. 어느 누구도 나처럼 당신에게 마음을 송두리째 빼앗아 간 위력을 행사하게 두지 않았을 거다. 맞다. 그것은 위력이었다. 그러나 나는 성실하지 않음에 대한 벌을 받고 있다. 나는 여자를 사랑한 게 아니라, 사랑 그 자체를 사랑했다고 떠벌리는 허풍쟁이 부류에 속하는 사람이다.

우리 방랑자들은 모두 이런 사람들이다. 방랑하고 싶은 욕구와 방랑 생활의 대부분은 사랑과 에로티시즘으로 가득 차 있다. 방랑에 대한 로망의 절반은 새로운 것을 경험하는 모험이라고 말하지 않을 수 없다. 다른 절반은 성적인 욕구를 변형시키고, 해소하기 위한 무의식적인 충동이나. 우리 방랑자들은 충족시킬 수 없는 사랑에 대한 열망을 마음속에 품은 채 실제적으로는 한 여인에게 향했던 사랑을 마을과 산, 호수와 협곡, 길에서 만나는 아이들, 다리 위에서 만난 거지, 푸른 초원에 있는 소, 새와 나비에게 마치 유희를 즐기듯 나눠 주는 것에 익숙해 있다. 대상으로부터 사랑을 분리하는 것이다. 사랑 자체만으로 우리에게 충분하기 때문이다. 우리가 방랑하면서 목적지를 염두에 두지 않은 채 길을 나서는 것, 방랑 자체에 기쁨을 느끼는 것처럼.

아름답던 젊은 여인이여, 난 그대의 이름을 알고 싶지 않다. 당신에 대한 내 사랑을 마음에 품거나, 채우고 싶지도 않다. 당신은 내 사랑의 목적이 아니라 그런 마음을 갖게 한 원동력이었다. 나는 그 사랑을 길에서 만난 꽃, 술잔에 반짝이는 햇살, 교회의 붉은 종탑에 나누어 주었다. 그대는 나로 하여금 세상에 대한 사랑에 흠뻑 빠지게 만들어 주었다.

아, 어리석은 소리! 나는 지난 밤 산장에서 금발의 여인이 나오는 꿈을 꾸었다. 나는 그녀를 미치도록 사랑했다. 그녀를 내 곁에 둘 수만 있다면 앞으로 남은 인생에 방랑길에 올라 맛보는 즐거움을 다 포기할 수 있다. 오늘 하루 종일 그녀 생각만 하고 있다. 그녀를 위해 포도주를 마시고, 빵을 먹는다. 그녀를 위해 마을과 종탑을 수첩에 그린다. 그녀가 이 세상에 태어나 내가 만나 볼 수 있게 해 준 하느님께 감사드린다. 그녀를 위해 시를 짓고, 빨간 포도주에 흠뻑 취하리라.

그렇게 해서 남쪽에서 기분 좋게 맞이한 내 첫 휴식은 산 너머에 있을 눈부신 금발 여인에 대한 그리움으로 채워졌다. 그녀의 상큼한 입술은 얼마나 아름다웠던가! 이 가련한 인생은 얼마나 아름답고, 어리석은 마법에 걸려 있는가?

다리

계곡 위 다리에서 길이 폭포 옆을 지나 계속 이어졌다. 전에도 난 이 길을 한 번 지나갔었다. 사실 여러 번 지나갔지만, 그 가운데 한 번은 특히 기억에 남아 있다. 전쟁 시기였고, 휴가가 끝나갈 무렵이라 나는 제시간에 사무실에 도착하기 위해 자동차와 기차를 이용해 서둘러 다시 돌아가야만 했다. 전쟁과 사무실, 휴가와 징집, 빨강 딱지와 초록 딱지, 정부 고위 인사들, 장관들, 장군들, 사무실들…… 그 얼마나 비현실적이고, 암울한 세상이었던가. 그러나 세상은 그래도 굴러가 지구를 오염시킬 위력을 여전히 갖고 있어서 어린 방랑자며 수채화 화가였던 나를 은신처 밖으로 끌어낼 힘이 있었다.

초원과 포도밭이 보이고, 날이 저물던 다리 밑에는 계곡물이 흐느끼는 소리를 내며 흐르고, 젖은 덤불은 떨고 있고, 서늘한 장밋빛으로 그 위를 덮었던 저녁 하늘이 차츰 사그라지고, 곧 반딧불의 시간이 다가오고 있었다.

나는 돌 하나에도 애정 어린 눈길을 보내고, 폭포수의 물 한 방울에도 고마워했다. 그것들이 내게는 신의 곳간에서 뚝 떨어진 것들로 보였다. 하지만 그 모든 게 아무것도 아닌 게 되어 버렸다. 낮게 구부러진 젖은 덤불에 대한 내 사랑은 감상적이었고, 현실은 전혀 달랐다. 전쟁이 터졌고, 장군이나 중사가 부는 나팔 소리에 나는 달려가야만 했고, 세상 곳곳에서 뛰쳐나온 다른 사람들도 질주하며 엄청나게 위대한 시대가 시작되었음을 알렸다. 불쌍하고 순한 동물들처럼 우리는 달렸고, 시대는 점점 더 무시무시해졌다.

먼 거리를 이동하는 동안, 내 마음속에는 다리 밑으로 흐느끼며 흐르던 물소리와 서늘한 저녁 하늘의 달콤한 노곤함이 내던 소리가 들렸다. 한없이 처량하고, 서글픈 소리였다.

이제 다시 나는 시냇물을 지나고, 길을 걸으며 피로에 찌든 눈으로 조용히 옛날에 보았던 풍경, 덤불과 목초지 비탈길을 바라본다. 그곳에 묻힌 친구들을 생각하고, 어쩔 수 없었다는 생각에 슬픔을 가슴에 품은 채 걸어갔다.

아름다운 물은 갈색 산에서 여전히 하얗고 푸르른 색으로 흘러내리며 옛 노래를 부르고, 덤불에는 지빠귀 새가 가득 앉아 있었다. 먼 곳에서 들려오던 나팔 소리는 이제 들리지 않고, 위대한 시대는 온갖 마법 같은 순간들이 이어지는 낮과 밤, 아침과 저녁, 점심과 어스름 황혼으로 채워지고, 인내심 많은 세상의 심장은 여전히 박동을 계속한다. 풀밭에 누워 땅에 귀를 갖다 대거나, 다리에서 물 위로 몸을 굽히거나, 맑은 하늘을 오랫동안 쳐다보거나, 그럴 때면 거대하고 은은한 심장 소리를 들을 수 있다. 우리 자식들의 어머니 심장이 들려 주는 소리다.

오늘 내가 전에 작별하며 길을 걸었던 그날 저녁을 생각하니, 전쟁과 비명을 알지 못하는 푸르름과 향기로 먼 곳에서 전해 오는 슬픔에 가슴이 먹먹하다.

언젠가는 내 삶을 갈기갈기 찢어 놓고, 괴롭히고, 종종 엄청난 공포를 주었던 것들이 더 이상 남아 있지 않는 날이 오게 되리라. 언젠가는 피로에 지쳐 있던 평화가 찾아오고, 어머니 같은 이 땅이 나를 따뜻하게 맞이해 줄 것이다.

그것은 끝이 아니라 새로운 탄생이 될 것이다. 낡고 시든 것들이 씻겨 나가고, 젊고 새로운 것이 다시 숨을 쉬게 하는 목욕과 안식이 될 것이다. 그럼 나는 다시 머릿속으로 다른 생각을 하며 그 길을 걷고, 계곡의 물소리를 들으며, 저녁 하늘에 자꾸 또다시 귀를 기울일 것이다.

목사의 사택

이렇게 아름다운 집 앞을 지나쳐 갈 때 불현듯 그리움과 향수가 몰려온다. 고요함, 평온함, 중산층의 삶에 대한 그리움과 좋은 침대, 정원의 벤치, 맛있는 음식에서 나는 향긋한 냄새, 거기에 서재, 담배, 고서들에 대한 그리움이 엄습해 오는 것이다. 젊은 시절 나는 신학을 얼마나 경멸하고, 조롱했던가? 오늘에서야 나는 그것이 우아하고, 매혹적인 학문이라는 것을 안다.

　그것은 길이나 무게를 재는 사소한 것들을 가르치고, 걸핏하면 총이나 발사하고, 열렬한 칭송을 받기나, 배신당하는 한심한 세계사와 관련 있는 시시한 학문이 아니다. 그것은 본질적이고, 사랑스럽고, 성스러운 것, 은혜와 구원, 천사와 성사聖事를 우아하고, 섬세하게 다루는 학문이다.

나 같은 사람이 목사가 되어 저 안에 살고 있다면 얼마나 멋진 일일까! 바로 나 같은 사람이라면 말이다! 집 안에서 고급스러운 검은 제복을 입고, 이리저리 배회하고, 정원의 배나무 받침대를 애정 어린 손길로 단단히 잡아 주고, 임종이 가까운 마을 주민을 찾아가 위로하고, 고대 라틴어로 된 책을 읽고, 가정부에게 온화한 목소리로 할 일을 분부하고, 일요일이면 머릿속으로 훌륭한 설교를 생각하며 돌바닥을 지나 교회로 천천히 발걸음을 옮기는 사람으로 나는 적합하지 않을까?

날씨가 사납게 추운 날이면 나는 실내 온도를 최대한 높이 올리고, 녹색이나 파란색 타일을 붙여 둔 벽난로에 몸을 기댄 채 종종 창밖을 내다보며 굳은 날씨에 머리를 흔들 것 같다.

반면 여름에 날씨가 화창할 때는 종종 정원에 나와 담쟁이덩굴 가지를 잘라주거나 묶어 주고, 열어둔 창가에 서서 산이 회색과 검은색에서 다시 주황이나 붉은색으로 변하는 모습을 지켜볼 거다. 아, 나라면 조용한 이 집 앞을 지나는 방랑객들을 깊은 측은지심으로 바라보고, 그들이 무사히 완주하기를 바라는 마음으로 그들에게 애정 어린 눈빛을 보낼 것 같다. 주거지가 정해져 있고, 집주인 노릇을 하는 나와 달리 방랑자들은 이 땅의 진정한 손님이며 순례자라는 더 좋은 선택을 했기 때문이다.

아마도 나는 그런 목사가 되었을 거다. 어쩌면 나는 침침한 서재에서 독한 술로 밤을 지새우고, 숱한 악령에 쓰여 나 자신을 괴롭히거나, 내게 고해성사를 한 소녀와 남몰래 지은 죄에 양심의 가책을 받아 한밤중에 악몽을 꾸다 잠에서 깨어나 벌벌 떨고 있을지도 모른다. 그러나 나는 녹색 대문을 굳게 닫은 채 종지기에

게 교회 종을 치게 하고, 직무를 내팽개치고, 마을과
세상에 신경을 끈 채 푹신한 소파에 드러누워 담배나
피우고, 미친 듯이 게으름을 피울 수도 있다. 저녁에는
너무 게을러서 옷도 갈아입지 않고, 아침에는 잠자리
에서 일어나지 못할 정도로 게으를 것도 같다.

짧게 말해 나는 이런 집에 사는 목사는 되지 못하
고, 지금처럼 변덕스럽고, 남에게 아무런 폐를 끼치지
않는 방랑자가 되고, 결코 목사는 되지 못한 괴팍한
신학자, 악취를 풍기고, 술병 뒤에 숨어 사는 미식가,
젊은 사람들에게 집착하거나, 시인에 몰두하거나, 무
언극 마임에 골몰하거나, 향수에 시달려 불안과 슬픔
에 시달리는 병약한 사람이 되었을지도 모른다.

그러므로 내가 녹색 대문과 담쟁이덩굴, 예쁜 정
원이 있는 아름다운 사택을 밖에서 쳐다보거나, 집
안에서 밖을 내다보는 것 혹은 조용하고 영혼이 평안
한 집주인을 보고 싶은 갈망에 길에서 창문을 통해
집 안을 들여다보거나, 창문 밖으로 방랑자들을 내다

보며 질투와 동경을 느끼는 것이 결국은 마찬가지다. 내가 이 집에 사는 목사가 되거나, 길거리를 떠도는 방랑자가 되든 둘 다 똑같다. 내게 매우 중요한 몇 가지를 제외하면 다 마찬가지다. 내가 온전하게 살아 있다는 것을 혀 혹은 발바닥을 통해 깨닫거나, 쾌락 혹은 고통 속에 느끼거나, 영혼이 깨어 있고, 수백 가지의 형태로 수많은 환상 놀이를 그 안에 담을 수 있는 능력이 있거나, 목사나 방랑자, 요리사나 살인자, 아이나 동물, 심지어 새나 나무, 내가 살기 위해 필요로 하고, 원하는 본질적인 모든 것이 언젠가 더 이상 존재하지 않고, 내가 삶을 '현실'에 의존한 채 살아가야만 한다면 나는 차라리 죽음을 택하고 싶다.

나는 우물에 몸을 기대고 서서 내 마음에 쏙 드는 녹색 대문과 뒤쪽에 보이는 교회 종탑이 있는 목사의 사택을 그림으로 그렸다. 어쩌면 내가 문을 실제보다 더 진한 녹색으로, 종탑은 더 길게 그렸을 수

도 있다. 중요한 것은 내가 십오분 동안 그 집을 고향
으로 느꼈다는 것이다. 물론 밖에서만 보았고, 안에
있는 사람들을 아무도 모르지만, 어렸을 때 행복하게
살았던 진짜 고향처럼 언젠가 나는 진한 향수를 느끼
며 이 집을 그리워할 것 같다. 여기에서도 내가 십오
분간 어린아이였고, 행복했기 때문이다.

농가

알프스 남부 끝자락에 있는 축복받은 이 지역을 다시 찾을 때마다 나는 마침내 산의 올바른 기슭으로 넘어온 듯 추방당했다가 비로소 집에 돌아온 느낌을 받는다.

　이곳 태양은 더 뜨겁게 빛나고, 산은 더 붉게 물들어 있고, 밤나무와 포도나무, 아몬드와 무화과가 자라고, 사람들은 가난하지만 착하고, 예의 바르고, 친절하다. 그리고 그들이 만드는 것들은 모두 맵시 있고, 용도에 맞고, 자연스럽게 자라난 것처럼 친숙하다. 집, 울타리, 포도나무밭의 계단, 오솔길, 테라스에

놓여 있는 화분들, 그 모든 게 새로 갖다 놓은 것처럼 보이지 않고, 낡지도 않았다. 바위, 나무, 이끼처럼 전부 다 일부러 꾸몄거나, 자연에서 몰래 훔쳐 온 게 아니라 원래 그 자리에 늘 그렇게 있었던 것처럼 보인다. 포도밭 울타리, 집, 지붕들이 모두 똑같이 갈색 편마암으로 만들어져 있어서 마치 친형제들처럼 잘 어울린다. 그 어떤 것도 낯설거나 적대적이거나 폭력적이지 않고, 마치 이웃처럼 친밀하고 밝아 보인다.

담장, 바위, 그루터기, 풀이나 땅, 그 어느 곳이든 원하는 곳에 편히 앉아 보라. 어디든 한 폭의 그림과 시가 당신을 에워쌀 것이다. 어디에서든 주변이 당신을 중심으로 아름답고, 행복하게 조화를 이룰 것이다.

여기는 가난한 농부가 사는 농가다. 집에 소는 없고, 돼지, 염소, 닭뿐이다. 그들은 포도 농사를 짓고, 옥수수, 과일, 채소를 키운다. 집은 전부 돌로 만들었고, 바닥과 계단도 돌이다. 양쪽 두 개의 돌기둥 사이에 농장으로 올라갈 수 있게 돌을 깎아 만든 층계가 있다. 어디서나 식물과 돌 사이로 푸른 호수가 보인다.

많은 생각과 근심은 눈 덮인 산 너머에 남겨 놓고 온 것 같다. 고통받는 사람들과 추한 것들과 어울려 지내는 사람들은 너무 많은 생각과 걱정을 한다. 그곳에서는 존재의 정당성을 찾기가 매우 힘들고, 절망적이다. 그렇다면 어떻게 살아가야 할까? 불행한 일을 많이 겪으면서 사람은 깊은 고민에 빠져든다. 하지만 여기에서는 아무 문제가 없으니 존재의 정당성을 굳이 찾을 필요도 없고, 생각은 한낱 유희가 된다. 세상은 아름답고, 인생은 짧다는 것을 저절로 알게 된다. 눈이 한 쌍 더 있으면 좋겠고, 폐가 하나 더 있으면 좋겠고, 풀밭에서 다리를 뻗으며 다리가 더 길면 좋겠다는 생각을 할 때도 있지만, 그런 소원까지 다 이루어지는 것은 아니다.

난 거인이 되고 싶다. 그럼 알프스 풀밭 염소들 사이에 누워 머리는 하얀 눈밭에 가까이 두고, 발가락은 깊은 호수에 담가 물장구를 치고 싶다. 그렇게 누운 나는 셜코 다시 일어나지 않고, 내 손가락들 사이로 덤불이 자라나고, 내 머리에는 알프스 장미가 자라고, 무릎은 작은 구릉지가 되고, 내 몸 위에 포도밭이 펼쳐지고, 집과 예배당이 들어선다.

그렇게 나는 만년간 누워 하늘을 올려다보고, 호수를 내려다보고 싶다. 내가 재채기하면 천둥이 치고, 입김을 내뿜으면 눈이 녹고, 폭포수가 춤을 추며 흘러내릴 것이다. 내가 죽으면 온 세상이 함께 죽으리라. 그럼 나는 드넓은 바다 위를 날아가 새로운 태양을 가져올 것이다.

오늘은 어디에서 잠을 청할까? 어디든 상관없다. 세상은 뭘 하고 있나? 새로운 신, 새로운 법과 새로운 자유를 만들었을까? 어찌 되든 나와 상관없는 일이다. 그러나 이 높은 곳에 이파리에 은색 털이 자욱이 나 있는 앵초가 피어나고, 조용하고 달콤한 바람이 저 아래 포플러 안에서 노래하고, 내 눈과 하늘 사이에 황금빛 벌들이 날아다니며 윙윙대는 것은 나하고 상관없는 일이 아니다. 그것은 윙윙대며 행복의 노래를 부르고, 영원의 노래를 흥얼댄다.

그 노래가 내게는 세계사다.

나무

나무는 언제나 내게 열정적인 설교자다. 나는 나
무가 숲에 함께 어우러져 있는 것을 보면 존경의 마
음이 든다. 그러나 홀로 서 있는 나무를 보면 존경하
는 마음이 더 크다. 그것은 마치 외로운 사람처럼 보
인다. 어떤 나약함 때문에 도망쳐 숨어 지내는 은둔
자가 아니라, 베토벤이나 니체처럼 고립된 위대한 사
람들 같다. 나무의 꼭대기에서 세상이 시끄럽게 윙윙
대고, 뿌리는 무한한 영원함에 휴식을 취한다. 그것
은 자신을 잃지 않고, 오직 하나를 이루기 위해 전력
을 다한다. 자기 자신만의 독특하고, 자기 안에 존재

하는 법칙을 실현하고, 자신만의 형태를 구축하고, 자신을 표현하는 것이다.

아름답고 튼튼한 나무보다 더 성스럽고 귀감이 될 만한 것은 없다. 나무가 잘리고, 벌거벗은 죽음의 상처를 햇빛에 드러낼 때 사람들은 그루터기에서 잘려 나간 나무의 표면을 보고 그의 전 생애를 읽을 수 있다. 가지가 병합된 흔적이나 힘겨운 투쟁, 고통, 질병, 행복과 번성, 헐벗었던 해와 풍성한 해, 극복한 공격, 무던히 길었던 폭풍의 흔적들이 나이테에 다 새겨져 있다. 농부의 자식이라면 누구나 단단하고 값비싼 나무는 좁은 나이테를 갖고 있다는 것, 산 높은 곳에서 지속적인 위험에 노출된 나무가 잘 부러지지 않고, 강하고 쓸 만한 줄기로 자란다는 것을 잘 알고 있다.

나무는 성스러운 성지다. 나무와 말할 수 있고, 나무의 말을 들을 수 있는 사람은 진리를 터득한다. 그것은 교리나 율법을 설교하지 않고, 개별적인 것은 고려하지 않은 채 삶의 기본 원칙을 설교한다.

한 나무는 말한다. 내 안에 씨앗, 불꽃과 사상이 숨어 있다. 나는 영원한 삶의 표본이다. 영원의 어머니는 딱 한 번의 시도로 나를 만들었다. 내 형체와 껍질의 수관들은 유일무이하다. 우듬지의 아주 작은 나뭇잎의 움직임과 내 껍질에 난 작은 홈집도 나만 갖고 있는 거다. 내 임무는 딱 하나뿐인 그 모든 것을 영원히 드러내 보여 주는 것이다.

한 나무는 말한다. 내 힘의 원천은 믿음이다. 나는 내 조상을 모르고, 내 몸에서 해마다 태어나는 수천의 자식들을 모른다. 나는 씨앗의 비밀을 끝까지 지키지 못할 것에 대한 걱정뿐이다. 나는 신이 내 안에 있다고 믿는다. 내가 하는 일이 성스러운 임무라는 것도 믿는다. 그런 믿음으로 나는 살고 있다.

우리가 살면서 슬픔에 빠지고, 인생을 살아갈 힘이 없다고 느낄 때 나무가 우리에게 말한다. 조용! 조용히 해! 나를 봐! 삶이 쉽지 않다든지, 삶이 힘들지 않다는 생각은 어린아이나 하는 거야. 하느님이 당신에게 하는 말에 귀 기울이면 더 이상 그런 생각을 하지 않을 거야. 당신은 당신이 살아가는 길이 어머니와 고향으로부터 멀어진다는 생각에 두려워하고 있어. 그러나 당신이 내딛는 발걸음과 매일 맞이하는 하루가 당신을 새롭게 어머니에게로 인도해 줄 거야. 고향은 여기 혹은 저기에 있지 않아. 고향은 어디 다른 곳이 아니라 당신 마음속에 있어.

밤에 바람에 나부끼는 나무가 하는 말을 들으면 방랑에 대한 갈망에 가슴이 찢어진다. 나는 조용히 오랫동안 그 소리에 귀를 기울인다. 그럼 방랑에 대한 갈망의 본질과 의미를 알 수 있다. 그것은 고통으로부터 멀리 떠나고 싶은 욕구처럼 보이지만, 실상은 그렇지 않다. 그것은 고향과 어머니의 기억에 대한 그리움, 삶의 새로운 모습에 대한 그리움이다. 그것이 나를 집으로 인도한다. 모든 길은 집으로 향한다. 모든 발자국은 탄생이고, 모든 발걸음은 죽음이고, 모든 무덤은 어머니다.

저녁에 우리가 자기만의 유아적 사고에 두려워하면 나무는 그렇게 속삭인다. 나무는 우리보다 수명이 훨씬 긴 것처럼 평온하고, 호흡이 매우 긴 오랜 생각을 한다. 우리가 나무가 하는 말에 귀 기울이지 않는한 나무는 우리보다 더 지혜롭다. 그러나 우리가 나무의 소리를 듣는 법을 배우고 나면 우리 생각의 짧음, 어린애 같은 섣부름과 성급함에 비할 데 없는 기쁨을 느낄 수 있다. 나무가 하는 말을 들을 줄 아는사람은 더 이상 나무가 되고 싶다고 갈망하지 않는다. 그는 자기 자신이 아닌 다른 것이 되고 싶어 하지않는다.

그것이 고향이다. 그것이 행복이다.

비 오는 날씨

불안하게 축 늘어진 회색 공기가 호수 위에 걸쳐 있는 것을 보니 곧 비가 내릴 것 같다. 나는 숙소에서 가까운 호숫가 백사장으로 나갔다.

비가 내려도 공기가 상큼하고, 기분이 상쾌한 날이 있다. 하지만 오늘은 그런 날이 아니다. 습도가 무거운 공기 안에서 오르락내리락하고, 구름은 계속 밑으로 빗방울을 뿌리며 사라지고, 어느 사이엔가 새로운 구름이 다시 나타난다. 쉽게 결정을 내리지 못하는 음침하고 우울한 기운이 하늘에 가득하다.

오늘 저녁에 난 더 좋은 시간을 보낼 계획이었다.

이촌 선술집에서 저녁을 먹고, 밤까지 놀다가 백사장으로 나가 물에 몸을 담그고, 어쩌면 달빛 아래 수영이라도 할 심사였다.

그런 기대와 달리 을씨년스럽고 어두운 하늘이 신경질적이고 불만스럽게 빗방울을 흩뿌렸고, 나는 날씨 못지않게 예민하고 언짢은 기분이 되어 변한 풍경 속을 거닐었다. 어젯밤에 술을 너무 많이, 혹은 적게 마셨기 때문이거나, 나를 불안하게 만드는 것들을 꿈에서 봐서 그랬던 것 같다. 정확히 무엇 때문이었는지는 하느님만 안다. 기분은 엉망이고, 공기는 나른해 고통스럽고, 머릿속 생각은 어둡고, 세상은 빛을 잃었다.

오늘 저녁 난 생선구이를 주문하고, 붉은 포도주를 진탕 마실 거다. 그런 식으로 세상에 약간의 생기가 돌게 하면, 나는 다시 인생이 살 만하다고 느끼게 될 거다. 그럼 우리는 술집 벽난로에 불을 붙이고, 추적추적 게으르게 내리는 빗소리를 더 이상 듣거나 보지 않을 거고, 나는 냄새 좋은 브리사고 시거Brisago Cigar를 피우며 술잔을 불 앞에 높이 들어 술이 핏빛으로 출렁대게 할 거다. 분명 그렇게 할 거다. 저녁 시간은 그럭저럭 지나갈 테고, 나는 다시 잠이 들고, 내일은 모든 게 달라 보이겠지.

백사장의 얕은 물에 빗방울이 떨어진다. 바람은 차가운 물기를 휘감으며 젖은 나무들 속을 헤집는다. 나무들이 죽은 물고기처럼 납빛으로 반짝인다. 악마가 수프에 침을 뱉은 것 같다. 어느 것도 맞지 않고, 아무 소리도 나지 않고, 기쁘거나 따뜻하지 않다. 모든 게 황량하고, 쓸쓸하고, 엉망이다. 모든 현의 음이 맞지 않는다. 모든 색깔이 가짜다.

나는 왜 이렇게 되었는지 그 이유를 안다. 어제 내가 마신 술 때문이 아니고, 어제 잠을 잔 나쁜 침대 때문이 아니고, 비가 와서 이런 것도 아니다. 악마가 나타나 내 마음속 현들을 다 비틀어 삐걱대는 소리가 나게 만들어 놓았기 때문이다.

내게 두려움이 다시 엄습해 왔다. 어린 시절의 악몽, 동화, 지겨웠던 학창 시절에 느꼈던 두려움. 내 힘으로 바꿀 수 없는 것에 둘러싸여 있는 것 같은 답답한 기분, 우울, 혐오스러운 것에 대한 두려움이다. 세상이 정말 지겹게 느껴진다! 내일 다시 일어나 또 밥을 먹고, 다시 살아야 한다는 것이 얼마나 끔찍스러운 일인가! 사람은 대체 왜 살까? 사람은 왜 바보스러울 정도로 착하게 살까? 왜 진작 호수에 몸을 던지지 않았을까?

어쩔 수 없는 일이다. 너는 방랑자면서 예술가이지만 동시에 시민이자 품위 있는 건강한 사람은 될 수 없다. 술에 취할 거라면 숙취의 고통도 감수하라. 햇빛과 아름다운 환상에 '예'라고 했다면, 더러움과 혐오에도 '예'라고 말해야 한다. 황금과 오물, 쾌락과 고통, 어린아이의 웃음과 죽음의 공포, 그 모든 게 네 마음 안에 들어있다. 그러니 모든 것에 '예'라고 말하고, 아무것도 억누르지 말고, 회피하려고도 하지 마라.

너는 보통시민이 아니고, 그리스인도 아니고, 조화로운 성격도 아니고, 너 스스로 너의 주인이고, 폭풍 속의 새다.

폭풍이 몰아치게 하라! 너 자신을 내맡겨라! 너는 그동안 얼마나 많은 거짓말을 해 왔는가? 수천 번이나, 시와 글을 통해서도, 조화롭고 지혜로운 사람인 양 굴었고, 행복하고 사려 깊은 사람처럼 굴지 않았던가? 전시에 적진의 공격을 받을 때 속으로는 두려움에 떨면서도 영웅들은 그렇게 했었다. 맙소사! 인간은, 더구나 예술가는, 더구나 시인은, 특히 나 자신은 얼마나 가련하고 불쌍한 허세꾼이던가?

나는 내가 먹을 생선을 오븐에 굽게 하고, 두꺼운 유리잔에 이 지역에서 생산된 술을 마시고, 긴 시가를 피워 물고, 벽난로 불에 침을 뱉고, 어머니를 생각하고, 두려움과 슬픔에서 단 한 방울의 달콤함이라도 짜내려고 애쓸 것이다. 그런 다음 얇은 벽에 붙어 있는 질 나쁜 침내에 누워 바람과 빗소리를 듣고, 심장 박동과 싸우며, 죽기를 원하면서도, 한편으로는 죽음을 두려워하고, 하느님을 부를 것이다. 절망이 지쳐 나가떨어지고, 잠과 위로가 나를 다시 찾아올 때까지. 스무 살 때도 그랬고, 오늘도 마찬가지고, 앞으로 삶이 끝날 때까지 계속 그럴 거다. 사랑스럽고 아름다운 생애에 대해 그런 날들로 여러 번 반복해 값을 치를 거다. 두려움, 혐오스러움과 절망이 난무한 그런 낮과 밤이 계속 나를 찾아올 거다. 그래도 난 살아갈 거고, 그래도 난 삶을 사랑하리라.

오, 구름은 얼마나 처량하고 비열하게 산에 걸쳐져 있는지! 그 희미한 빛이 호수에 비치는 모습이 얼마나 부자연스럽고 금속처럼 차갑게 보이는지! 내게 생각나는 모든 것들이 왜 이토록 어리석고 절망스러운지!

예배당

작은 처마가 있는 붉은 장밋빛 예배당은 분명히
선하고, 섬세하고, 독실한 사람이 지었을 것 같다. 요
즘 세상에는 신앙심이 깊은 경건한 사람이 없다는 말
을 나는 자주 듣는다. 요즘 세상에는 음악이 없고, 파
란 하늘도 없다는 사람들도 있다. 하지만 나는 경건
한 사람들이 많다고 믿는다. 나 자신도 독실하다. 물
론 항상 그래 왔던 것은 아니다.

  경건함으로 가는 길은 개개인마다 다르다. 내 경
우에는 그 길이 많은 실수와 고통, 자기 학대, 극심한
우매함, 어리석음의 원시림을 지나갔다. 자유사상가

였던 나는 경건함을 영혼의 병으로 생각했었다. 금욕주의자였던 나는 스스로 내 살에 못을 박는 고행을 했다. 나는 경건함이 건강과 쾌활함을 의미한다는 것을 전혀 알지 못했다.

경건함은 믿음과 다를 바 없다. 믿음은 단순하고, 건강하고, 천진난만하고, 어린이, 야생에 사는 사람들이 갖고 있는 특성을 갖고 있다. 우리처럼 단순하지도 않고, 천진난만하지도 않은 사람들은 우회로를 거쳐야 믿음을 가질 수 있다. 자기 자신에 대한 믿음을 갖는 게 첫 시작이다. 믿음은 계산, 죄책감, 사악한 양심을 통해 얻는 게 아니고, 고행과 희생을 수행해야 생기는 것도 아니다. 그 모든 노력은 우리 자신 외부에 있는 신을 향한다. 우리가 믿어야 하는 신은 우리 안에 있다. 자신에게 '아니오'라고 말하는 사람은 신에게 '예'라고 말할 수 없다.

오, 이 땅의 사랑스럽고 아늑한 예배당이여! 그대는 내 것이 아닌 신의 표식과 비문을 지니고 있구나.

너를 찾는 신도들은 내가 알지 못하는 말로 기도를 올린다. 그럼에도 불구하고 나는 떡갈나무 숲이나 산의 목초지에서 그랬던 것처럼 이 안에서 기도를 한다. 그대는 젊은이들이 부르는 봄노래처럼 노랑이나 하양 혹은 붉은 장밋빛 꽃이 만발한 들판에서 초록으로 우뚝 솟아 있구나. 그 안에서 드리는 기도는 뭐든지 성스럽고, 허용된다.

기도는 성스럽다. 노래처럼 마음을 치유한다. 기도는 믿음이고, 확인이다. 진심으로 기도하는 자는 구걸하지 않으며, 자기가 처해 있는 상황과 궁핍을 담담히 털어놓고, 어린아이들이 노래하는 것처럼 자신의 고통과 감사를 진심을 다해 노래한다. 세상에서 가장 아름다운 그림이라고 할 수 있는 피사의 교회 벽화 속에 오아시스와 사슴들 가운데 있던 행복한 은둔자들은 그렇게 기도했었다. 나무와 동물도 그렇게 기도한다. 훌륭한 화가가 그린 그림 속에 있는 모든 나무와 산도 다 그렇게 기도한다.

경건한 기독교 가정에서 자란 사람은 기도를 하기까지 많은 과정을 겪어야 한다. 그런 사람은 양심의 지옥을 알고, 자신이 붕괴되어 가는 동안 죽음의 고통을 알게 되고, 온갖 종류의 분열, 고통, 절망을 경험한다. 그 길의 끄트머리에서 그는 가시밭길을 걸으며 그가 찾으려고 했던 축복이 얼마나 단순하고, 유아적이고, 자연스러운 것인지를 깨닫고 큰 충격에 빠진다. 그러나 가시밭길을 걸어간 것이 헛수고는 아니다.

고향으로 다시 돌아온 자는 계속 고향에만 머물렀던 자와 전혀 다른 사람이 된다. 그는 더 애틋하게 사랑하고, 정의와 망상에 좀 더 자유롭다. 정의는 고향에 머문 사람들이 갖는 낡고 원시적인 미덕이다. 젊은 사람들은 그것을 필요로 하지 않는다. 우리는 단지 행복, 사랑, 그리고 딱 한 가지 미덕인 믿음만 갖고 있으면 된다.

나는 이 예배당의 신도와 믿음 공동체가 부럽다. 기도하는 수많은 사람들이 고통을 호소하고, 많은 아이들이 문에 화환을 걸고, 촛불을 가져와 바친다. 하지만 먼 여행을 떠나온 우리 같은 사람들의 믿음은 외롭다. 낡은 신앙을 가진 사람들이 우리를 동지로 받아들이기를 원치 않고, 세상의 흐름은 섬처럼 남아 있는 우리를 멀리 돌아서 간다.

나는 가까운 초원에서 꽃을 꺾었다. 앵초, 토끼풀, 미나리아재비를 꺾어 예배당 안에 갖다 바쳤다. 그리고 예배당 입구 난간에 앉아 이른 아침에 경건한 찬송가를 흥얼댔다. 모자는 갈색 담 위에 올려놓았고, 그 위에 파란 나비가 앉았다. 먼 골짜기에서 기차의 경적이 희미하고 은은하게 들려온다. 덤불에는 여기저기 아침 이슬이 반짝였다.

한낮의 휴식

하늘이 다시 밝게 웃고, 충만된 공기가 모든 사물 위로 춤을 춘다. 먼 낯선 땅이 다시 내 마음에 들어와 타향이 고향이 된다. 호수 위로 가지를 뻗은 나무 곁이 오늘은 내가 앉을 자리다. 나는 가축이 있는 오두막과 구름 몇 조각을 그렸다. 그리고 보내지 않을 편지도 한 통 썼다. 그런 다음 봇짐에 넣어 가져온 것들을 꺼내 놓았다. 빵, 소시지, 견과류, 초콜릿.

근처에 있는 자작나무 아래에 마른 나뭇가지들이 사방에 흩어져 있는 것이 보였다. 문득 모닥불을 피우고, 친구처럼 그 곁에 가까이 앉고 싶은 생각이 불쑥 들었다. 난 그쪽으로 가 나뭇가지를 한 아름 모아 놓고, 그 밑에 종이를 넣어 불을 붙였다. 가느다란 연기가 가볍고 경쾌하게 피어오르고, 밝은 붉은 불꽃이 햇볕이 쨍쨍한 한낮의 빛을 묘하게 바라본다.

소시지가 맛있었다. 내일 같은 것을 또 사야겠다. 밤을 몇 톨 가져와 구워 먹으면 얼마나 맛있을까? 식사를 끝낸 다음 나는 윗옷을 풀밭에 펼치고, 그 위에 머리를 얹은 채 내가 만든 작은 제물이 밝은 한낮의 공기 속으로 사라지는 것을 지켜보았다.

약간의 음악과 축제 분위기가 필요하다. 나는 평소 잘 외우고 있는 아익헨도르프의 시를 기억에 떠올려 보았다. 여러 개가 생각나지는 않았다. 어떤 것은 몇몇 구절이 기억나지 않았다.

나는 후고 볼프와 오스마 쇼에크의 멜로디에 맞춰 반쯤 노래하듯 흥얼댔다. "낯선 나라로 떠나고 싶은 사람"과 "사랑스럽고, 진실한 라우테(옮긴이 주: 구시대 현악기)"가 제일 아름답다. 그 노래들은 애수로 가득 차 있지만 그 애수는 한낱 여름 하늘의 구름일 뿐 그 뒤에는 드넓고 밝은 하늘이 펼쳐진다. 그것이 아익헨도르프다. 그런 점 때문에 그가 뫼리케와 레나우보다 우위에 있다.

만약 어머니가 아직 살아 계셨다면 나는 어머니를 생각하고, 어머니가 나에 대해 알아야 할 모든 것을 고백하려고 노력할 거다.

그 대신 열 살쯤 되어 보이는 검은 머리의 소녀가 나타났다. 아이는 나와 내가 피워둔 모닥불을 쳐다보더니 내가 갖고 온 호두와 초콜릿을 손에 들고 내 옆 풀밭에 앉아 자기 집 염소 이야기를 하고, 어린아이 특유의 진지함과 존경심으로 오빠에 대해 말했다. 우리 늙은이들은 얼마나 어리석은 존재들인가? 소녀는 아버지한테 줄 음식을 갖고 올라왔고, 다시 내려가야 한다고 말하고는 짐짓 진지한 얼굴로 공손하게 인사한 다음, 나막신에 빨간 털양말을 신은 모습으로 멀어져 갔다. 아이의 이름은 안눈치아타였다.

모닥불이 꺼졌다. 태양은 내가 눈치채지 못하는 사이에 한참 아래로 내려왔다. 나는 오늘 제법 먼 거리를 걷고 싶었다. 짐을 챙겨 봇짐을 만드는데 아익헨도르프가 다시 생각나, 나는 무릎을 꿇은 채 노래했다.

어느새, 아, 곧 다가올 고요한 시간!
나도 편안히 안식을 취하리.
내 위로는
소근대는 아름다운 산의 적막.
나를 알아보는 사람이 여기에도 없구나.

나는 그 사랑스러운 구절 속에 숨어 있는 비애가 단지 한 조각의 구름 그림자라는 생각을 처음으로 했다. 그 비애는 다름 아닌 아름다움이 우리를 감동시키지 못한 채 시간의 덧없음을 표현한 부드러운 음악일 뿐이다. 고통이 없는 슬픔이다.

나는 그것을 오늘의 여정에 함께 가지고 가 기쁨

에 찬 발걸음으로 산길을 걷고, 한참 아래에 있는 호
수를 바라보고, 밤나무 숲에 바퀴가 멈춰 있는 물레
방앗간 개울을 지나 고요한 푸른 하루 속으로 걸어
들어갈 것이다.

호수, 나무, 산

옛날에 호수가 하나 있었다. 파란 호수 위 파랗게 펼쳐진 하늘 너머로 푸르고 노란 봄나무가 우뚝 솟아 있고, 그 건너편에 보이는 하늘은 봉긋한 산 위에 고요히 쉬고 있었다.

방랑자는 나무의 발치에 앉았다. 노란 꽃잎이 그의 어깨 위로 떨어졌다. 그는 피곤해 두 눈을 감았다. 노란 나무에서 꿈이 그에게로 내려앉았다.

방랑자는 작은 소년이 되어 고향집 뒤뜰에서 어머니가 부르는 노랫소리를 들었다. 노란 나비가 파란 하늘을 기분 좋게 날아가는 것도 보았다. 소년은 나비를 쫓아 초원을 지나, 시냇물을 건너, 호숫가로 달려갔다. 나비는 맑은 물 높이 치솟아 더 멀리 날아가고, 소년도 뒤따라 밝고 가벼운 몸짓으로 파란 허공을 행복하게 날아갔다.

소년의 양쪽 날개에 햇빛이 반짝였다. 소년은 노란 나비를 따라 호수 위를 날고, 높은 산 위로 날아갔다. 산 위에 구름 신神이 서서 노래를 부르고 있었다. 소년의 주위에 천사들이 모여들고, 천사들 가운데 소년의 어머니를 닮은 한 천사가 초록 물뿌리개를 들고 튤립 꽃밭에 물을 뿌려 꽃들이 물을 마실 수 있게 해 주었다. 그 천사에게 소년도 날아갔다. 천사가 된 소년이 어머니를 꼭 안았다.

방랑자는 눈을 비빈 다음 다시 감았다. 그는 빨간 튤립 한 송이를 꺾어 어머니의 가슴에 꽂아 주었다. 그리고 튤립을 하나 더 꺾어 어머니의 머리에도 꽂아 주었다. 천사와 나비가 날아다니고, 온갖 새와 동물과 물고기들이 있는 가운데 누군가 이름을 부르면 뭔가 소년에게로 날아와 손 위에 앉고, 소년의 말을 듣고, 소년이 자기 몸을 쓰다듬게 허락하고, 궁금한 것을 물어 보면 다 대답하고, 멀리 날려 보내면 그렇게 따랐다.

방랑자는 잠에서 깨어나 천사들을 생각했다. 나무에서 고운 잎들이 흩날리는 소리를 듣고, 나무 속에서 금빛 물줄기가 오르락내리락하며 내는 소리를 들었다.

그를 내려다보는 산에 하느님이 갈색 외투를 입고, 몸을 기댄 채 노래를 부르고 있었다. 유리 같은 호수의 수면 위로 하느님의 노래가 울려 퍼졌다. 단조로운 노래였다. 그 노랫소리가 나무 속 에너지의 조용한 흐름, 심장의 피가 고요히 도는 소리, 꿈에서 뛰쳐나와 그의 몸을 뚫고 조용히 흐르던 황금빛 흐름의 소리와 뒤섞였다.

그도 가사를 천천히 길게 끌면서 노래를 부르기 시작했다. 웅얼거리는 그의 노래는 아무 기교가 없어서 공기와 물결 같고, 벌이 윙윙대는 소리 같았다. 그 노래는 먼 곳에서 노래를 부르고 있는 하느님, 나무 속의 물줄기가 들려 주는 소리, 피가 혈관 속을 돌며 부르는 노래에 대한 화답이었다.

오랫동안 방랑자는 봄바람에 살랑이는 종꽃처럼, 풀 속에서 노래하는 메뚜기처럼 홀로 노래했다. 그는 한 시간 동안, 아니 일 년 동안 노래했다. 그는 어린아이처럼 경건하게 나비, 어머니, 튤립, 호수, 몸속의 피와 나무 속의 피를 노래했다.

다시 길을 떠나 아무 생각 없이 따뜻한 지방으로 들어가자 앞으로 가야 할 길, 목적지와 자신의 이름이 방랑자의 머리에 하나씩 떠올랐고, 오늘이 화요일이라는 것, 저기에 밀라노행 기차가 다닌다는 것도 생각났다. 그리고 아주 먼 곳으로 간 다음에야 노랫소리가 호수를 건너 들려왔다.

그곳에 갈색 외투를 입은 하느님이 선 채 아직도 여전히 노래를 불렀지만, 방랑자의 귀에는 그 소리가 점점 멀어져 갔다.

구름 낀 하늘

바위 사이에 난쟁이풀들이 피어난다. 나는 누워 몇 시간 전부터 서서히 고요 속에 어지럽게 흩어지는 작은 구름 조각들로 뒤덮이는 저녁 하늘을 올려다본다. 여기에서는 느끼지 못하지만 저 높은 곳에는 분명 바람이 불 것 같다. 바람은 실로 실타래를 만들 듯, 구름 덩어리를 엮는다.

땅에서 증발했다가 다시 비로 내려오며 일정한 리듬을 만들 듯, 계절과 조수의 변화가 일정한 간격으로 순서에 따라 이뤄지듯, 우리 내면의 모든 것들도 법칙과 리듬에 따라 움직인다. 플라이스 교수는 생애

과정의 주기적인 반복을 설명하기 위해 특정한 숫자의 순열을 계산해 냈다. 마치 카발라(옮긴이 주: 유대교의 신비주의적 전통을 연구하고, 우주의 신비를 탐구하는 사상)처럼 들리는데 실제로 카발라 학문에서 나온 말이다. 그의 이론이 독일 교수들로부터 조롱을 당한 것으로 보아 그럴 가능성이 충분하다.

내가 두려워하는 내 삶 속의 어두운 파도도 일정한 규칙을 띠며 나타난다. 일기를 하루도 빠짐없이 적는 것을 절대 하지 못하니, 내가 구체적인 날짜와 숫자를 말할 수는 없다. 나는 숫자 23과 27 혹은 어떤 다른 숫자가 그것과 관련이 있는지 알지 못하고, 굳이 알고 싶지도 않다. 단지 내가 아는 것은 가끔 외부적인 원인 없이 내 영혼에 어두운 파도가 일어난다는 것이다.

마치 구름의 그림자가 드리우기라도 한 것처럼 세상이 그림자로 뒤덮인다. 기쁨은 가짜 같고, 음악

은 밍밍하게 들린다. 무거운 마음에 짓눌리고, 죽는
게 사는 것보다 차라리 낫다고 생각하기도 한다. 그
런 우울이 발작이라도 하는 것처럼 종종 나타난다.
어느 정도의 간격으로 나타나는지, 언제 내 위의
하늘이 구름으로 서서히 뒤덮이는지 나는 알지 못
한다.

처음에는 심장이 두근거리는 불안감, 악몽을 꿀
것 같은 불안한 예감으로 시작된다. 평소에 내가 좋
아하는 사람, 집, 색, 소리가 뭔가 의심이 가고, 가짜
처럼 보인다. 음악은 두통을 유발한다. 편지들은 기분
을 나쁘게 하고, 뭔가 숨겨진 가시를 갖고 있는 것 같
다. 그런 시기에 누군가를 어쩔 수 없이 만나야 하는
것은 고통이고, 피할 수 없는 결과를 초래하게 된다.
그런 시간은 그것을 잠재울 수 있는 어떤 무기도 없어
서, 그런 상황이 닥치면 그런 게 나한테 있으면 좋겠
다고 생각하게 된다.

분노, 고통과 비난이 사람, 동물, 날씨, 하느님, 읽

고 있는 책의 종이, 입고 있는 옷의 재질 등 모든 것을 조준한다. 그러나 분노, 조바심, 비난과 증오는 사물에 해당되는 게 아니라서 결국 그것들은 모두 나 자신에게로 되돌아온다. 증오를 받을 사람이 내가 되는 것이다. 불협화음과 증오를 세상에 쏟아 낸 사람도 바로 나 자신이 된다.

나는 오늘 그런 하루를 보낸 후 쉬고 있다. 평정심을 되찾기까지 어느 정도 시간이 필요하다. 그렇게 되면 세상이 내게 얼마나 아름다워 보일지 나는 잘 알고 있다. 다른 어떤 사람에게보다 나에게 훨씬 더 아름다워 보이고, 색깔이 더 달콤하게 울리고, 공기는 더 은혜스럽게 흐르고, 빛은 더 부드럽게 흘러가리라. 그리고 나는 사는 게 참을 수 없을 정도로 힘든 날들을 통해 그 값을 치러야 한다는 것을 안다.

마음이 힘들 때 이겨 낼 수 있는 좋은 방법이 있다. 노래하기, 경건하게 기도하기, 술 마시기, 음악 활동하기, 시 짓기, 여행하기. 브레비엘의 은둔자로 나는 그런 방법을 이용해 살아간다. 가끔은 나쁜 것들로 상쇄하기에는 내 버팀목이 무너지고, 내게 좋은 시간이 너무 드물고 짧다는 생각을 할 때가 있다. 가끔은 그와 반대로 내가 성장했고, 좋은 시간은 늘어나고, 나쁜 시간은 줄어들었다고 느낄 때도 있다. 내가 소망하지 않고, 최악의 시간에도 원하지 않는 것은 선과 악의 중간 상태, 그 참기 어려운 미적지근한 중간 상태다. 그건 정말 아니다. 차라리 상승 곡선을 과장하는 것이나, 고통이 더 극심해지는 게 낫다. 그 대신 축복받은 시간이 되면 더 찬란하게 빛나는 순간을 맞이할 테니.

좋지 않은 기분이 사라지고 나면 삶은 다시 멋지고, 하늘은 다시 아름답고, 여행은 다시 의미 있는 일이 된다. 그렇게 모든 게 제자리로 돌아온 날에 나는 치유의 느낌을 받는다.

실제적인 고통이 없는 노곤함, 쏩쏠한 뒷맛이 없

는 체념, 모멸감 없는 감사함. 삶의 의욕이 서서히 다시 올라온다. 그럼 다시 노래를 부르고, 다시 꽃을 꺾고, 지팡이를 들고 장난도 친다. 다시 살아가는 것이다. 앞으로도 계속 다시 극복할 거다. 어쩌면 지금보다 더 자주.

구름에 덮여 있고, 눈에 띄지 않게 움직이고, 다양한 모습의 하늘이 내 영혼에 반사되는 건지, 혹은 내가 하늘을 보고 내 내면의 모습을 읽어 내는 건지 말하는 것은 불가능하다. 가끔은 그 모든 게 불확실하다.

살다 보면 어떤 날에는 특정한 공기와 구름의 분위기, 특정한 색채의 울림, 특정한 향기와 습도 변화를 늙고 예민한 시인과 여행자의 감성으로 나만큼 정확하고 충실하게 관찰할 수 있는 사람이 이 세상에 없으리라는 확신이 들 때도 있다. 그러다 오늘 같은 날에는 내가 이전에 보고, 듣고, 냄새를 맡았던 게 과연 맞는지, 내가 인지했다고 믿는 모든 게 내 내적인 삶의 모습이 밖으로 투사된 형상에 불과한 게 아닌지 의심이 드는 날도 있다.

빨간 집

빨간 집이여, 너의 작은 정원과 포도밭이 내게 알프스 남쪽의 향기를 물씬 풍겨 주는구나! 여러 번 나는 네 곁을 지나갔었지. 처음으로 그 길을 갔을 때 여행을 떠나고 싶은 욕구를 잠시 멈추려는 정반대의 생각을 한 적이 있었지. 다시 한번 나는 오래전부터 자주 해오던 생각을 했었어. 고향을 갖는다는 것, 초록 정원이 있는 작은 집, 적막한 주변, 먼 아랫마을. 내 방에 침대, 내 침대를 동쪽으로 배치하고, 탁자는 남쪽으로 두고, 거기에 전에 여행하다가 브레시아에서 구입한 작고 오랜 성모마리아상을 걸어 둬야지.

아침과 저녁 사이의 낮에 여행을 떠나고 싶은 욕구와 고향을 갖고 싶은 소망 사이로 내 인생이 흘러간다. 언젠가는 여행과 먼 곳이 내 영혼의 일부가 되어 내 마음속에 그곳의 모습이 이미 자리 잡고 있어서 굳이 실제로 여행을 떠나지 않아도 될 날이 올지도 모른다.

어쩌면 언젠가는 내 마음속에 고향을 갖게 되어 부러운 눈길로 정원과 빨간 집을 바라보지 않는 날이 올 수도 있다. 마음속에 고향을 갖고 있으니! 그렇다면 삶이 얼마나 달랐을까? 하나의 중심이 있고, 그 중심이 모든 힘의 구심점이 되었을 거다.

내 삶은 그런 중심이 없어서 수많은 극과 극 사이에서 흔들린다. 고향에 정착하고 싶은 마음, 방랑에 대한 동경, 외로움과 수도원에 대한 갈망, 사랑과 공동체의 삶에 대한 충동. 나는 많은 책과 그림을 모았다가 다시 처분했다. 풍요로워지고, 물건을 많이 모았지만, 고행과 금욕을 향해 다시 길을 떠난 것이다. 나는 인생을 신성하게 여기고, 그것을 중요한 본질로서 숭배하다가 그것을 단지 기능으로만 인식하고, 사랑하게 되었다.

그러나 나를 달라지게 만드는 것은 내가 할 일이 아니다. 그것은 기적이 해야 할 일이다. 그런데 기적은 자기를 찾고, 일부러 끌어오거나, 도와 주려고 하는 사람을 오히려 피할 뿐이다. 내가 해야 할 일은 팽팽한 여러 대척점 사이에 머물고, 기적이 나를 서둘러 찾아오지 않으면 그 순간을 맞이할 준비를 하는 거다. 만족하지 않은 채 불안정한 상태를 견뎌내는 것이 내가 할 일인 것이다.

초록 정원이 있는 빨간 집이여! 나는 이미 너를 경험했으니 너를 다시 경험하고 싶다는 생각을 하면 안 된다. 고향에 머물러도 봤었고, 집을 짓고, 벽과 천정을 자로 잰 적도 있고, 정원으로 이어지는 길을 만들고, 내가 그린 그림들을 벽에 걸어 본 적도 있다. 누구에게나 그런 충동이 있다. 나도 한 번이라도 그런 것들을 실행할 수 있어서 다행이다. 살면서 소망했던 숱한 소원들이 다 이뤄졌다.

시인이 되고 싶었는데 시인이 되었다. 집을 짓고 싶었는데 집을 지었다. 아내와 자식을 갖고 싶었는데 가지게 되었다. 많은 사람들에게 말하고, 그들에게 영향을 끼치고 싶었는데 그렇게 되었다. 모든 성취는 곧 포만감으로 이어진다. 그러나 포만감은 내가 참을 수 없는 느낌이다. 나는 글을 쓰는 능력이 과연 나한테 있는지 의심하게 되었고, 내가 지은 집은 너무 옹색해 보였다. 이미 도달한 목표는 목표가 아니었고, 길이란 길은 다 우회로였고, 모든 휴식은 새로운 갈망을 낳았다.

앞으로도 나는 많은 우회로를 걷게 될 거고, 많은 성취에 실망하게 될 거다. 언젠가는 모든 게 나름의 의미를 보여 줄 거다.

모든 대립이 사라지는 곳에 열반이 있다. 나에게

는 대립이 아직도 여전히 밝게 빛나고 있다. 사랑스러
운 갈망의 별들.

헤세가 사랑한 시

헤르만 헤세는 작고하기 일 년 전에 자신이 지은 수많은 시들 가운데 240여 편을 골라 시선집《계단Stufen》을 출간했다. 이 책에 실린 시들 중 50편의 시를 골라 소개한다. 헤세가 이 세상에 남겨 두고자 했던 시들에 담긴 작가의 혼을 느끼며 특별한 감동과 마주한다.

마을 저녁

양치기가 양들과 함께
고요한 골목길을 지나간다.
잠들려고 하는 집들은
벌써 희미하게 졸고 있다.

돌담으로 에워싼 이 마을에서
나는 지금 유일한 이방인.
내 마음은 슬픔으로 가득 차
그리움의 술잔을 비워낸다.

길이 나를 이끌고 간 곳은 어디든
아궁이에 따스한 온기가 남아 있다.
다만 나는 아직 한 번도
고향이나 조국을 느끼지 못했다.

청춘의 도피

지친 여름이 고개를 떨구고
호수에 비친 창백한 자기 모습을 바라본다.
나는 피곤하고, 먼지투성이가 된
가로수 길의 그늘을 걷는다.

포플러 나무 사이로 바람이 머뭇대며 불어오고
내 뒤의 하늘은 붉게 물들었다.
그리고 내 앞에는 저녁을 맞는 두려움,
그리고 황혼, 그리고 죽음.

나는 피곤에 지치고, 먼지투성이가 된 채 걷고
내 뒤에서 머뭇거리며 멈춰 서 있는
청춘이 아름다운 머리를 숙인 채
나와 함께 더 멀리 가지 않으려 한다.

고운 구름

가느다랗고 하얀
부드럽고 고운 구름이
파란 하늘에 떠돈다.
시선을 떨구고, 느껴 보라.
행복한 구름이 하얀 서늘함으로
당신의 파란 꿈속을 흘러간다.

초여름 밤

하늘에 천둥이 치고,
정원에 서 있는
보리수 나무 떨고 있다.
이미 늦은 시각.

한 줄기 번갯불이
크고 젖은 눈으로
연못 속의 자신을
창백하게 바라본다.

흔들리는 줄기 위에
피어 있는 꽃들은
바람결에 실려 온
낫 가는 소리를 듣는다.

하늘에 천둥이 치고,

후덥지근한 바람이 분다.

나의 소녀도 떨고 있다.

"말해 봐요, 당신도 느끼죠?"

들판 위에

하늘에 구름이 흘러가고,
들판 위에 바람이 분다.
들판 위를 떠도는
우리 어머니의 잃어버린 자식.

길 위에 나뭇잎이 흩날리고,
나무 위에 새들이 우짖는다.
산 너머 어딘가에
나의 먼 고향이 있으리.

꿈

늘 똑같은 꿈을 꾼다.
붉게 꽃피는 밤나무,
여름꽃으로 가득한 정원,
그 앞에 덩그러니 서 있는 옛날 집.

거기, 고요한 정원에서
어머니는 나를 어르고 달래 잠재우고,
어쩌면, 그간 아주 많은 세월이 흘렀으니
정원, 집, 나무가 더 이상 없겠구나.

어쩌면, 그 사이 들길이 생겨
그 위로 쟁기와 써레가 지나다니고,
고향, 정원, 집과 나무는 내 꿈에만 보일 뿐
이제 흔적조차 남아 있지 않겠지.

라벤나*

나도 라벤나에 가 본 적 있다.
자그마한 죽음의 도시
교회와 무너진 폐허의 숱한 잔재
여러 책을 보면 알 수 있다.

그곳을 걸으며 주변을 살펴 보라.
도로는 음침하고, 젖어 있다.
천년 세월은 말이 없고,
사방에 이끼와 잡초가 무성하다.

마치 옛 노래를 듣는 것 같다.
아무도 웃지 않은 채 무심코 듣기만 한다.

* 고대 로마제국의 수도였고, 훗날 비잔틴제국의 통치 하에 있던 도시.
유네스코 세계유산으로 등재된 8개의 건축물 등 많은 역사 유적지가 있다.

모두 잠자코 귀 기울인 채

밤이 기울도록 깊은 생각에 잠긴다.

외로운 밤

너희가 나의 형제라면,
별들의 구역에서
고통에 위로를 꿈꾸는
가까이 혹은 먼 불쌍한 사람들아,
창백한 별이 빛나는 밤을 향해
고통을 견디는 야윈 두 손을
말없이 맞잡은 자들아,
고통받고, 깨어 있고,
가난하고, 방황하는 무리여,
별과 행운 없이 떠도는 뱃사람들아,
낯설지만 나의 동지가 된 자들이여,
내가 보내는 인사에 응답하라!

편지

서쪽에서 바람이 분다.

보리수 나무 깊은 신음을 내뱉고,

달님은 나뭇가지 사이로

내 방을 엿본다.

나는 나를 떠난

사랑하는 사람에게

긴 편지를 쓴다.

달빛이 편지지 위에 비친다.

편지 글귀 위로 쏟아지는

고요한 달빛에

내 마음은 눈물,

잠과 달, 그리고 밤의 기도를 잊는다.

6월의 바람 부는 날

호수는 유리처럼 굳어 있고,
가파른 산비탈에
얇은 풀잎들이 은빛으로 나부낀다.

한탄하며 죽음을 두려워하는
댕기물떼새가 허공에 소리치고,
곡선을 그리며 휘청댄다.

건너편 둑에서 들려오는
풀 베는 소리와 그리운 풀밭의 향기.

때때로

때때로, 새가 울거나
나뭇가지 사이로 바람이 불거나
먼 농가에서 개 짖는 소리가 들리면
나는 오랫동안 귀를 기울이며 침묵한다.

내 영혼은 잊고 있었던
천년 전의 세월로 도망친다.
새와 나부끼는 바람이
나를 닮고, 나의 형제였던 곳으로.

내 영혼은 나무가 되고,
짐승이 되고, 구름이 되어
변화된 모습으로 낯설게 돌아와
내게 묻는다.

무슨 대답을 해 줘야 할까?

안개 속에서

안개 속을 거닐면 참 이상하다.
덤불도, 돌멩이도 모두 외롭다.
그 어떤 나무도 다른 나무를 보지 않고
모두 다 혼자다.

내 삶이 빛났을 때
세상은 친구들로 가득했다.
안개가 자욱하게 내려앉은 지금
누구 한 사람 보이지 않는다.

정녕, 아무도 지혜롭지 않다.
피할 수 없고, 모든 것에서
조용히 분리시키는 어둠을 모른다면.

안개 속을 거닐면 참 이상하다.

인생은 고독하다.

어느 누구도 다른 사람을 알지 못하고

모두가 다 혼자다.

행복

행복을 찾아 헤매는 한
넌 행복할 준비가 되어 있지 않다.
설령 사랑하는 것들이 모두 네 것일지라도.

잃어버린 것을 한탄하며
목표를 가지고 초조해하는 한
마음의 평화가 무엇인지 넌 모른다.

모든 소원을 내려놓고,
그 어떤 목표도 갈망하지 않으며,
행복을 더 이상 입 밖에 내지 않을 때

그때는 홍수처럼 밀려드는 일들이
더 이상 네 마음에 쌓이지 않고,

네 영혼은 평안히 쉬게 되리라.

혼자

땅 위에
많은 도로와 길이 나 있지만
모두 같은 목적지를 향한다.

말을 타고 가도 되고, 차를 타도 되고,
둘이 혹은 셋이 갈 수 있지만
마지막 한 걸음은
혼자 내디뎌야 한다.

그러므로 어떤 지식이나 능력도
혼자서 모든 어려움을
헤쳐 나가기에 충분하지 않다.

꽃가지

언제나 여기저기에서

꽃가지가 바람결에 나부낀다.

언제나 내 마음은

아이처럼 흔들린다.

맑게 갠 날과 어두운 날들 사이에서,

욕망과 단념 사이에서,

꽃봉오리가 시들 때까지,

가지에 열매가 매달릴 때까지,

마음이 유년기의 만족을 느껴

평안을 얻을 때까지,

삶의 소란스러운 놀이가

헛되지 않았고, 온전한 기쁨이었다는 것을

고백할 때까지.

잠자리에 들며

낮이 나를 지치게 하였으니
별이 빛나는 밤이
나의 간절한 소망을
지친 아이를 안아 주듯 다정히 맞아 준다.

모든 일을 손에서 내려놓고,
모든 생각을 이마에서 지워버리고,
이제는 나의 모든 감각이
꿈나라에 빠져들려 한다.

그리고 영혼은 자유로운 비행 속에서
경계 없이 떠다니고 싶어 한다.
밤중에 마법의 원 안에서
깊게 수천 번을 살아가기 위해.

봄날

덤불에 바람이 불고, 새가 지저귀고,

높고 맑은 푸른 하늘에

고요하고 당당히 떠 있는 구름배.

나는 금발 여인을 꿈꾸고,

내 젊은 시절을 꿈꾼다.

높고, 푸르고, 넓은 하늘은

내 동경의 요람.

그 안에서 나는 평온한 마음으로

조용한 속삭임 속에

따사로운 축복을 받으며 누워 있다.

어머니의 품에 안겨 있는

아기처럼.

쉼 없이 달려감

영혼이여, 그대 불안한 새여,
그대는 늘 이렇게 묻는다.
험난한 날을 그렇게 많이 보냈건만
평화는 언제 오는가, 안식은 대체 언제 오는가?

오, 나는 안다. 우리는
내면이 평안한 시간을 보내기도 전에
새롭게 찾아온 갈망으로
일상을 더 괴로워한다는 것을.

그대는 안식을 누리기도 전에
새로운 고통을 찾으러 나간다.
가장 어린 샛별처럼 밤하늘에
온몸을 불태우듯 조바심에 가득 차 있다.

꽃, 나무, 새

마음이여, 공허 속에 홀로 남아
외롭게 타오르는구나.
검은 꽃, 고통이
절벽에서 네게 인사하네.

고뇌의 키 큰 나무
가지를 높이 들고,
새는 가지 사이로
영원을 노래하네.

고통의 꽃은 침묵하고,
아무 말도 하지 못한 채,
나무는 구름까지 자라나고,
새는 속절없이 노래하네.

146

고백

고운 빛이여, 당신의 유희에
기꺼이 동참하는 나를 보라.
다른 사람들은 목적과 목표가 있으나
나는 사는 것만으로도 충분하다.

모든 게 내 눈에는 다 똑같아 보일 뿐,
내 감각에 울림을 주는 것은
무한함과 유일한 것,
그것을 나는 항상 살아 있다고 느낀다.

이런 그림 문자를 읽는 것은
내 삶에 언제나 보람을 준다.
영원한 것, 본질적인 것이
내 안에 존재한다는 것을 알기 때문이다.

내면으로 가는 길

내면으로 향하는 길을 찾은 사람은
타오르는 자기 몰입 속에서
지혜의 핵심을 알아차린다.
신과 세계에 대한 그의 깨달음이
단지 그림과 비유의 선택이라는 것.
그의 모든 행동과 사고는
신과 세계가 담겨 있는
자기 자신의 영혼과 나눈 대화에서
비롯되었다는 것을.

책

세상에 있는 모든 책은
당신에게 행복을 가져다주지 않지만,
스스로 당신 자신에게로
돌아가는 길을 은밀히 알려준다.

당신이 필요로 하는 모든 게 그 안에 있다.
해, 별, 그리고 달.
당신이 찾아 헤매는 빛이
당신 안에 존재하기 때문이다.

당신이 오랫동안 찾으려 한 지혜가
여러 책 속에서
책장마다 밝게 빛난다.
이제는 그것이 당신 것이므로.

여름밤

폭우에 젖은 나무에서 빗방울이 떨어지고,
젖은 나뭇잎에 달빛이 차갑고 익숙하게 반짝인다.
보이지 않는 강물의 동요하는 수면에
어둡게 울려 퍼지는 소리 계곡을 타고 올라온다.

이제는 농가의 개들이 울어댄다.
아, 여름밤과 반쯤 가려진 별들이여,
어떻게 너의 창백한 길 위에서 내 마음을 뒤흔들어
먼 곳으로 여행을 떠나고 싶은 충동이 들게 하는가.

사랑의 노래

나는 사슴이고, 당신은 노루,

당신은 새이고, 나는 나무,

당신은 햇살이고, 나는 눈,

당신은 낮이고, 나는 꿈.

밤에 잠든 내 입에서 나온

황금새가 당신에게 날아간다.

그 목소리는 맑고, 날개는 눈부시네.

그 새는 당신에게 사랑의 노래를 부르고,

그 새는 당신에게 나의 노래를 불러 주네.

가을

덤불 속의 새들아,
너희의 노래가
갈색 숲을 따라 어떻게 퍼져 가는가?
새들이여, 서둘러라.

곧 갈바람이 불어오고,
곧 죽음이 다가와 거두어 가고,
곧 회색 유령이 나타나 웃으며,
우리의 마음을 얼어붙게 하고,
눈부시게 화려했던 정원은
살아 있는 생명의 빛을 잃게 되리라.

나뭇잎 속 사랑스러운 새들아,
사랑하는 형제들아,

노래하고, 즐거워하자.

곧 우리는 먼지가 될 터이니.

늦가을 산책

가을비가 회색 숲을 휘저었다.
아침 바람에 골짜기는 차갑게 움츠러든다.
밤나무의 열매가 땅바닥에 후드득 떨어져
터진 속살이 젖은 갈색을 드러낸 채 웃는다.

내 인생을 가을이 휘저었고,
찢어진 잎사귀를 바람이 끌고 가
가지마다 흔드는데, 열매는 어디 있나?

나는 사랑을 꽃피웠고, 그 열매는 고통이었다.
나는 믿음을 꽃피웠고, 그 열매는 증오였다.
나의 가냘픈 가지에 바람이 휘몰아쳐도
나는 그것을 비웃으며, 아직은 폭풍에 맞선다.

열매가 무엇인가? 내 목표는 무엇인가?
나는 꽃피우고, 꽃피우는 게 나의 목표였고,
나는 이제 시든다. 시드는 게 나의 목표. 오직 그뿐,
마음이 세운 목표는 짧다.

신이 내 안에서 살고, 신이 내 안에서 죽고,
신이 내 가슴 속에서 고통받는 것,
그것으로 내 목표는 충분하다.
길이든, 길이 아니든, 꽃이든, 열매든,
모든 게 하나고, 단지 이름만 다를 뿐.

아침 바람에 골짜기는 차갑게 움츠러든다.
밤나무의 열매가 땅바닥에 후드득 떨어져
깔깔대며 웃는다. 나도 함께 웃는다.

시골 묘지

비스듬히 기운 십자가 위 덩굴나무,
부드러운 햇빛, 향기와 꿀벌의 노래.

그 안에서 안식을 취하는
선한 땅에 가슴을 파묻은 자들이여, 복되도다!

행복하여라, 이름도 없이 조용히
고향에 돌아온 자들이여,
어미의 품에서 안식을 취하라!

들어라, 벌의 날갯짓과 꽃들의 향연을.
숨 쉬어라, 삶의 갈망과 존재의 기쁨을.

깊은 뿌리의 꿈에서 깨어나

오래전 사라졌던 존재의 갈망이
빛을 향해 터져 나온다.

어둠 속에 매몰됐던 생명의 잔해들
변형되어 진정한 현재를 간청한다.

그리고 대지의 어머니, 곧 닥칠
새로운 탄생에 근엄하게 일어난다.

깊은 무덤 속 달콤한 평화의 안식처
밤에 꾸는 꿈보다 무겁지 않으리.

죽음에 대한 꿈은 단지 흐릿한 연기일 뿐
그 아래에서 생명의 불꽃 타오른다.

어딘가에

나는 정처 없이 방황하며 인생의 사막을 헤매고,

내 무거운 짐에 신음한다.

그래도 어딘가에, 거의 잊어 버렸지만

시원하고, 그늘지고, 꽃이 만발한 정원이 있음을 안다.

그리고 아득히 먼 꿈속 어딘가에

영원한 안식처가 기다리고 있음을 안다.

나는 그곳에서 영혼이 다시 고향을 찾고,

밤과 별, 그리고 영원한 잠이 기다리고 있음을 안다.

가르침

많든 적든, 사랑하는 아이야,
사람들이 하는 말에는 모두 거짓말이 들어 있단다.
상대적으로 강보에 싸여 있을 때 우리는 그나마
제일 솔직하고, 나중에는 무덤 속에서나 그렇게 되지.

그럼 우리는 우리 조상들 옆에 누워,
마침내 지혜롭고 명확하게 깨닫게 되지.
허연 뼈마디를 들썩이며 우리는 진실을 말할 테고,
많은 다른 사람들은 거짓을 말하며
오랫동안 살아 가겠지.

파랑나비

작은 파랑나비가
바람에 실려 날아간다.
진줏빛 소나기가
반짝이고, 깜박이다, 사라진다.
그런 순간의 반짝임으로
스쳐 지나가는 바람결에
행복이 내게 손짓하는 것을 보았다.
반짝이고, 깜박이다, 사라졌다.

9월

정원은 슬픔에 잠기고,
빗방울은 꽃 속으로 무심히 떨어진다.
여름이 몸서리치며
종말을 맞이한다.

키 큰 아카시아 나무에서
황금빛 나뭇잎이 하나씩 떨어진다.
여름은 스러지는 정원의 꿈에
놀라며 지친 미소를 짓는다.

장미 곁에서 오랫동안
멈춰 서서 안식을 갈망하다가
피로에 지친 큰 눈을
천천히 감는다.

162

니논에게

당신은 내 삶이 이미 저물어 가는데
여전히 내 곁에 머물고 있지.
밖에는 별들이 급히 서두르고,
모든 것이 잠시 반짝일 뿐.

인생의 소용돌이 속 중심을
당신이 알고 있기에,
당신과 당신의 사랑이
나를 위한 선한 수호신이 되게 하네.

나의 어둠 속에서 당신은
숨겨진 별을 예감하고,
당신은 당신의 사랑으로 내게
인생의 달콤한 본질을 상기시키네.

고독

밤중에 손으로 더듬으며 숲과 협곡을 지난다.
나를 에워싸는 마법의 원이 환상적인 빛을 발하고,
칭송받든, 저주받든 개의치 않고
나는 내면의 명령을 충실히 따른다.

당신들이 살아가는 현실은
나를 얼마나 자주 깨워 돌아오라고 내게 명령했던가!
나는 그 안에서 정신이 맑아지고, 동시에 놀라서
곧 다시 몰래 도망쳤었지.

오, 당신들이 나를 멀리하게 만든 따뜻한 고향,
오, 당신들이 깨운 나의 사랑스러운 꿈,
물이 바다로 흘러 들어가는 이치처럼,
천 가지 비밀스러운 방법으로 나 그대에게 돌아가리.

노래하는 샘물이 남몰래 나를 인도하고,

꿈의 새들이 반짝이는 깃털을 들썩이고,

다시 내 유년기의 노래 울려 퍼지네.

금실로 엮어 놓은 달콤한 꿀벌의 노래,

나는 울먹이며 어머니의 품에 다시 안기리.

밤비

잠들 때까지 그 소리를 들었고
그 소리에 깨어났다.
이제 그것을 들으며 느끼고 있다.
빗소리가 밤을 가득 채우고,
수천 개의 소리가 촉촉하고, 서늘하게
속삭이고, 웃고, 신음한다.
난 흐르는 듯한 부드러운 소리에
매료된 채 소란스러움에 귀를 기울인다.

모든 거칠고, 메마른 소리와
강렬한 햇빛의 혹독한 날들 뒤에 들리는 빗소리는
얼마나 간절한 외침이며, 행복하면서도 두렵고,
부드러운 음향인가!

그래서 단단한 가슴이 부풀어 오르며,

아무리 냉정해 보이더라도

흐느낌 속에 담긴 어린아이 같은 기쁨,

사랑의 샘에서 솟구친 눈물이 흐르고,

슬퍼하며 저주를 풀어 주어,

말할 수 없던 것을 말할 수 있게 되어,

새로운 행복과 슬픔에 길을 열어 주며,

영혼을 넓게 확장한다.

비

부드러운 비, 여름비
덤불에서, 나무에서, 사각거린다.
이 얼마나 고마운 축복인가.
다시 달콤한 꿈을 꿀 수 있으니!

환한 밖에 너무 오래 있어서
급작스러운 변화는 어색하다.
내 자신의 영혼에 몰두하기에
낯선 곳은 어디든 끌리지 않는다.

원하는 것 없고, 바라는 것도 없이
어린아이의 목소리로 조용히 노래한다.
놀랍게도 꿈에 집에 가 있었네.
따뜻하고, 아름다운 곳.

마음이여, 그대는 얼마나 상처를 입었는가?

또 눈먼 채로 헤매니 얼마나 행복한가?

생각도 하지 않고, 알지도 못한 채

오직 숨 쉬고, 오직 느끼면서!

여름의 절정

멀리 푸른 하늘이 이미 맑아지고,
정화되어, 투명해진다.
오직 9월만이 만들어 내는
달콤한 마법의 음색으로.

무르익은 여름이 하룻밤 사이에
축제의 색으로 물들어 가고,
모든 것이 완성된 상태에서 웃으며
죽을 준비가 되어 있다.

영혼이여, 이제 시간에서 벗어나고,
근심, 걱정을 떨쳐내라!
그리고 열망하는 아침을 향한
비상을 준비하라!

시든 나뭇잎

모든 꽃망울은 열매 맺기를 원한다.
모든 아침은 저녁이 되기를 소망한다.
영원한 것은 이 땅에 없다.
변화하거나, 도피만 있을 뿐.

아무리 아름다운 여름도
언젠가는 가을이 되고, 시들기를 원한다.
기다려라, 나뭇잎아, 조용히 인내하며
만약 바람이 너를 데려가고 싶어 하면.

너의 유희를 즐기고, 저항하지 말라.
그냥 그대로 하게 두라.
바람이 너를 꺾어서
집을 향해 날려 보내면.

늦여름

아직은 날마다 듬뿍 안겨 오는 늦여름의
달콤한 온기, 꽃무리 위에
고단한 날갯짓으로 여기저기
나비가 날아다니고, 금빛이 반짝이네.

저녁과 아침 공기는
아직은 열기를 머금은 옅은 안개로 촉촉하고
뽕나무에서 문득 빛이 반짝이더니
누렇고 큰 나뭇잎이 푸르른 하늘을 날아간다.

도마뱀은 양지바른 돌 위에서 휴식을 취하고
나뭇잎 그늘에 포도송이들이 숨어 있다.
세상이 마법에 걸린 듯 매혹된 채
잠들어 꿈꾸고 있는 듯, 부디 깨우지 말 것을 애원한다.

때때로 긴 리듬의 음악이

깨어나 마법의 영향에서 벗어나

다시 겸손과 현재로 돌아올 때까지 흔들리며

황금 같은 영원 속에 굳어 있다.

우리 나이 든 사람들은 곡식을 거둬 쌓아 올리며

여름에 갈색으로 그을린 손을 따뜻이 데운다.

아직은 날이 환하고, 아직은 하루가 끝나지 않았으며

오늘, 그리고 여기가 아직은 우리를 붙잡고 보듬는다.

고통

고통은 우리를 위축시키는 데 능숙하다.

우리를 불쌍하게 불태우고,

우리를 우리의 삶에서 떼어 놓으며,

우리를 에워싸서 혼자로 고립되게 만드는 불이다.

지혜와 사랑은 작아지고,

위로와 희망은 희미하고 덧없다.

고통은 우리를 거칠게 사랑하고 시기한다.

우리는 녹아내려 그것에 종속된다.

그것은 세속적인 형태인 자아를 관장하며,

불꽃 속에서 저항하고 몸부림친다.

그 후 조용히 먼지 속에 가라앉아,

스스로를 주인에게 내맡긴다.

유리알 유희

우주의 음악과 대가의 음악을
우리는 경외심을 갖고 들을 준비가 되어 있다.
순수한 축제의 마당에 복된 시대를 살아 간
존경받는 대가들을 소환하기 위해.

우리는 비밀에서 영감을 받아 앞으로 나아간다.
궤도를 따라 끝없이 흘러가고, 격렬하게 몸부림치며
삶이 명확한 비유로 변하는
마법의 상형문자를 통해.

별자리처럼 그것은 투명하게 울린다.
그것의 임무 수행이 우리의 삶에 의미를 부여한다.
그리고 아무도 그것의 궤도에서 벗어나지 않는다.
신성한 중심으로 향할 뿐.

계단

모든 꽃이 시들 듯

청춘도 나이에 굴복하듯

생의 모든 과정, 지혜와 덕목도

저마다의 단계에 맞춰 피어나지만

영원히 지속되지는 않는다.

각 단계마다 이별을 고하고,

새롭게 시작할 마음의 준비가 되어 있어야 한다.

용감하게, 슬퍼하지 말고

다른 새로운 관계를 맺기 위해.

모든 시작에는 마법이 깃들어 있어

그것이 우리를 지켜 주고, 살아갈 수 있게 도와 준다.

우리는 모든 단계를 경쾌하게 지나가야 한다.

그 어떤 곳에도 고향처럼 집착하지 말고,

우주의 정신은 우리를 붙잡거나, 구속하지 않는다.

그것은 단계마다 우리를 높이 들어 올리고, 더 넓혀준다.

우리가 한 단계에 익숙해져 편하게 안주하면

무기력이 우리를 위협한다.

여행을 떠날 각오가 되어 있는 사람만이

마비되는 습관에서 벗어날 수 있다.

어쩌면 죽음의 시간마저도

우리가 젊게 새로운 단계를 맞이하게 해 줄 것이다.

우리를 부르는 생명의 외침은

절대 끝나지 않으리.

자, 마음아, 작별을 고하고, 건강히 나아가라!

기억

미래를 생각하는 사람은
삶을 위한 목표와 의미를 갖고 있다.
그에게 행위와 노력은 있지만
휴식은 선물로 주어지지 않는다.

최상의 상태는
영원한 현재를 사는 것.
그러나 그런 축복은
아이와 신에게만 주어진 것.

과거여, 너는
우리 시인들에게 위로와 양식을 준다.
주문과 보존은
시인의 임무.

시든 꽃잎이 새롭게 피어나고,
오래된 것이 새것처럼 웃는다.
존경과 경의를 담은 기억이
경외심을 품은 충성으로 지켜준다.

유아기와 그 이전의 시간에
깊이 몰두하고,
어머니를 기억할 수 있도록
우리는 봉헌되어 있다.

모래에 써 놓은 것

아름답고 매혹적인 것이
그저 한순간의 바람과 전율이라고,
소중하고 황홀한 것은
지속되지 않는 애정이라고,
구름, 꽃, 비눗방울,
불꽃놀이, 아이들의 웃음소리,
거울에 비친 여인의 눈길,
그리고 다른 여러 멋진 것들이
발견되자마자 사라지고,
단지 한순간만 머무는
그저 향기나 바람 같은 거라고.

아, 우리는 안타깝지만 알고 있다.
지속적인 것, 굳건한 것이

우리 마음속에 그렇게 소중하지는 않다.

차가운 불꽃 같은 보석,

빛나는 무거운 금괴,

수없이 많은 별들조차도

너무 멀리 있고, 낯설다. 그것들은

우리처럼 덧없이 사라지지 않기에

우리 영혼의 깊은 내면에 와닿지 않는다.

그렇다. 가장 아름다운 것,

사랑스러운 것은 쉽게 변질되고,

금방 사라져 버린다.

가장 소중한 것은

음악 소리 같다.

그것은 형성되기도 전에 이미

사라지고, 도망가 버리는,

바람처럼 불고, 흐르며, 질주해

조용한 슬픔이 맴돌게 한다.

심장이 한 번 뛰는 순간만큼도

붙잡을 수 없기 때문이다.

소리 하나하나 미처 울리기도 전에

벌써 사라지고, 멀리 흘러가 버린다.

이렇게 우리 마음은

굳건한 것, 지속적인 것이 아니라

덧없는 것, 흘러가는 것과 살아 있는 것에

충직하고, 형제처럼 헌신적이다.

바위, 별, 보석처럼

지속적인 것에 우리는 쉽게 지친다.

우리는 영원한 변화 속에 떠도는

바람과 비눗방울 같은 영혼이다.

우리는 시간과 결혼한 자, 지속하지 못하는 존재.

장미 꽃잎에 맺힌 이슬,

구애하는 새의 몸짓,

허망하게 사라지는 구름의 유희,

눈송이의 반짝임, 무지개,

금방 날아가 버리는 나비,

스치듯 지나가는 길에서 들은

웃음소리의 울림에서

기쁨을 찾거나 고통을 느낀다.

우리는 우리와 같은 것을

사랑하고, 이해한다.

바람이 모래에 써 놓은 것을.

덧없음

생명의 나무에서

잎이 하나둘 떨어진다.

오, 휘청거리는 현란한 세상이여,

그대는 어떻게 나를 만족시키고,

그대는 어떻게 나를 배부르고, 피곤하게 하고,

그대는 어떻게 나를 취하게 하는가!

오늘 아직 빛나는 것은

머지않아 사라지리.

내 갈색 무덤 위로,

작은 아이의 머리 위로,

곧 스산한 바람이 불어와

어머니는 몸을 굽히네.

나는 어머니의 눈을 다시 보고 싶어.

어머니의 눈빛은 나의 별.

다른 모든 것은 지나가고, 흩날리고,

모든 것은 죽고, 사라져도,

우리를 태어나게 해 주신

영원한 어머니만 오로지 남아,

손가락으로 유희를 즐기듯

덧없는 허공에 우리의 이름을 적네.

만찬

만찬에 초대받았다.
난 이유도 모른 채 갔다.
종아리가 얇은 많은 신사들이
연회장에 서 있었다.

이름이 알려지고,
명성이 드높은 신사들이었다.
누구는 드라마를,
또 누구는 소설을 썼다.

그들은 활발하게 행동했고,
큰소리로 떠들었다.
나는 부끄러워 차마
나도 시인이라고 말하지 못했다.

당신도 그것을 알까?

가끔 가슴 벅찬 기쁨을 맛보는
축제장에서, 혹은 연회장에서,
요란스럽게 즐거워하다가
문득 침묵하고, 자리를 피해야만 하는
순간이 있음을 당신도 알고 있을까?

그런 날 당신은 갑자기 심장에 통증을 느끼는 사람처럼
잠자리에 누워 통 잠을 이루지 못하고,
쾌락과 웃음은 연기처럼 허공에 흩어지고,
당신은 울음을 터뜨려, 끝내 멈추지 못하리.
당신도 그런 것을 알고 있을까?

파도처럼

거품으로 장식된 파도처럼
푸른 물결 속에서 간절한 욕망으로 뻗어 나와
지치고, 아름다운 넓은 바다로 사라진다.

조용한 바람 속의 구름처럼
모든 순례자의 그리움을 불러일으키고
희미하게 은빛 아침으로 사라진다.

뜨거운 해변에서 듣는 노래처럼
이상한 운율의 낯선 울림이
너의 마음을 아주 먼 곳으로 데려간다.

이처럼 내 삶은 시간 속을 덧없이 지나가고
곧 희미해지고, 아무도 모르게

그리움과 영원의 왕국으로 흘러 들어간다.

190

저녁

저녁에 사랑하는 연인들이
들판을 천천히 걸어간다.
여자들은 머리를 풀고,
상인들은 돈을 세고,
시민들은 석간신문을 들고,
새로운 뉴스를 읽으며 걱정한다.
아이들은 작은 주먹을 움켜쥔 채
깊은 단잠을 잔다.
누구나 단 하나의 진실을 행하고,
숭고한 의무를 따른다.
시민들, 아기들, 연인들…
나 자신은 아니던가?

천만에! 저녁마다 하는 내 행동으로

나도 노예가 되어

세계 정신이 내게 들어오지 않지만,

그것도 나름 의미가 있다.

그래서 나는 이리저리 서성이며,

마음속으로 춤추고,

시시한 유행가를 흥얼거리며,

신과 나를 찬양한다.

포도주를 마시고, 상상의 나래를 펴다가

파샤*라도 된 것처럼,

신장이 걱정되지만,

미소를 짓고, 더 많이 마시며

* 오스만 제국 최고의 귀족

내 마음에 '괜찮아'라고 말한다.
(아침에는 그렇게 하지 못하리)

지나간 고통을 꺼내
유희하듯 한 편의 시를 짓고,
달과 별들의 움직임을 보며,
그것의 의미를 예감하고,
그들과 함께
여행하는 느낌으로
어디로 가든 상관없으리.

나이 듦

청춘의 별들이여,
그대, 어디로 떨어졌는가?
나는 더 이상 구름 속에서
너희 중 어느 누구도 볼 수 없다.

내 청춘의 동지들이여,
아, 그대들은 얼마나 일찍
세상과 화해했는가?
나와 함께할 사람 아무도 없구나.

우리 늙은이들을
비웃는 자들이여, 너희가 옳다!
안타깝지만 나 자신조차
나에게 얼마나 충실하지 못했던가!

그럼에도 불구하고 나는 세상에 맞서

투쟁을 계속하리라.

영웅으로서 승리할 수 없다면

전사로서라도 싸우다 쓰러지리라.

꺾인 나뭇가지의 삐걱거림

갈라진 채 꺾인 나뭇가지
벌써 여러 해째 나무에 매달려,
바람결에 부르는 노래 마르게 삐걱대고,
나뭇잎도 껍질도 다 떨군 채,
벗겨지고, 색 바랜 너무 오랜 삶,
너무 오랜 죽음에 지쳐 버렸네.
거칠고 끈질기게 부르는 노래,
고집스러운 외침, 몰래 숨기는 두려움.
또 한 번의 여름.
또 한 번의 겨울.

헤르만 헤세,
작품을 완성하듯 인생을 살다

어느덧 사십 년의 세월을 번역작가로 활동한 내 이력에 가장 먼저 번역했던 책이 헤르만 헤세의 《방랑》이었다. 스위스 취리히에서 공부하고 있을 때 내 마음에 큰 울림을 준 독일 책을 번역해 지인들에게 선물하고 싶어 무작정 작업했고, 그 원고를 글씨 잘 쓰는 분에게 부탁해 필사본 열 권으로 만들어낸 것이 그 후의 내 인생을 결정지어 준 첫 번역서였다. 그런 우연한 시작이 내가 살아갈 길의 디딤돌이 되었고, 나는 이제 왕성한 활동의 막바지에 이르러 원고를 완전히 새롭게 작업할 기회가 생긴 것에 매우 감사하는 마음으로 이 책의 작업에 몰두했다.

다시 만난 헤르만 헤세, 1877년 7월 2일 독일 칼브에서 태어나 1898년 스물한 살의 나이로 《낭만적인 노래》를 처음 발표한 이후 총 15,000장에 쓴 작품들을 남기고 1962년 85세의 일기로 떠난 독일 문학의 대표 작가다.

그가 생전에 괴테상을 받았다든가, 《유리알 유희》로 노벨문학상을 수상했다는 것은 이미 잘 알려져 있는 사실이다. 《데미안》, 《싯다르타》를 비롯해 담담한 위로를 전해 주는 그의 철학적인 시를 좋아하는 독자가 국내에도 많이 있기에, 난 잘 알려진 그의 문학적 성과가 아닌 인간적인 모습에 호기심이 더 컸다. 은은한 노신사의 미소를 짓는 멋진 사진을 남겨 둔 그에게 뭔가 특별한 삶의 뒷이야기가 있을 것 같아서였다.

헤세는 성품이 신중하고, 말보다는 글로 소통하기를 좋아했던 사람 같다. 열다섯 살 때 선교사였던 부친의 권유로 신학교에 입학해 학교 생활을 하다가 7개월 만에 자퇴했고, 정신적 충격이 얼마나 컸는지 슈테텐의 정신병원에 입원해 치료를 받고 나와 일반 고등학교에 다시 입학했다. 양가 모두 기독교의 경건주의 전통을 이어가던 집안에서 자란 헤르만 헤세의 외할아버지도, 친할아버지도 이름이 헤르만이었다. 그리고 그 이름을 손자의 이름으로 작명했으니, 그가 장차 어떤 모습으로 성장해 나가기를 바라는 집안 어른들의 소망은 세심하고 진중한 성격의 그에게 부담이 되지 않았을까 생각해 본다.

실제로 헤르만 헤세는 '신은 죽었다'는 니체의 불경스러운 말을 가족을 향해 퍼부은 적도 있다. 그럼에도 불구하고, 그가 세속적인 성취에 만족하지 못한 채 신을 찾으려고 부단히 노력했던 분투의 원동력은 경건주의적 배경에서 비롯된 유산이 그의 마음속에 깊이 남아 있었기 때문이라고 생각된다.

헤세는 "사람들이 자신의 삶을 이기적인 욕망이 아니라 신에게서 받은 임무로 여기고, 신 앞에서 봉사와 희생으로 살고자 하는 것, 그러한 내 어린 시절의 경험이 내 삶에 많은 영향을 미쳤다"고 회고했다.

헤르만 헤세는 총 세 번 결혼했는데, 쉰 살에 만난 니논 돌빈Ninon Dolbin과 가장 오랜 시간을 함께 보낸 후 85세에 작고하였다. 서른다섯 살이 된 1912년, 스위스로 이민을 가 스위스 국적을 취득한 헤세는 1936년 안과 치료를 받기 위해 독일에 다녀온 이후 다시는 독일에 돌아가지 않았다.

스위스 루가노의 몬타뇰라에 칩거하다시피 하며 바깥 활동을 거의 하지 않은 그는 집 앞 대문에 '방문 사절'이라는 팻말을 걸어 두고, 또 다른 안내판에는 '평생 맡은 바 임무를 수행한 사람은 늙으면 고요하게 죽음과 친해질 권리가 있다. 그에게는 사람이 필요하지 않다. 그의 집 문 앞을 지나칠 때는 마치 아무도 살고 있지 않은 집인 듯 그냥 지나가는 것이 마땅하다'는 글귀를 적어 놓아 불청객의 방문으로 인한 정신적 혼란을 피했다.

그렇다고 그가 외부 세계와의 소통을 단절한 채 아

무 설명도 없이 숨어 버리는 은둔자로 살아간 것은 아니었다. 작고한 해 1962년, 85세의 생일을 축하하러 찾아온 많은 손님들에게 그는 축하 편지에 일일이 답장을 쓰느라 많은 시간을 보냈다고 한다. 그가 죽은 후 그의 책상에는 미처 보내지 못한 우편물이 가지런히 준비되어 있었고, 아직 읽지 못한 축하 편지가 큰 묶음으로 쌓여 있었으며, 발신인의 주소에 꼼꼼하게 중요한 메모를 해 둔 주소록이 나란히 놓여 있었다.

헤르만 헤세가 시골 몬타놀라에서 극도의 절제된 생활을 이어간 데는 정치적인 이유도 한몫했다. 세계 제1차 대전과 2차 대전을 겪은 그는 1차 대전 발발 당시 전쟁을 반대한다는 글을 신문에 기고했다가 동지를 배반했다는 오해를 많은 사람들로부터 받아 혹독한 시간을 보냈었기에 나치 시절은 물론 2차 대전 이후에도 동독, 서독을 둘 다 믿지 못해 '내면의 세계'로 더 깊숙이 몰두해 작품 활동을 이어 갔다. 그에게 이념은 '교양 있는 사람들과의 교

류와 정신에 가장 해로운 적'이었다. 1950년대 서독에 대해서는 과열된 시장경제와 과거 나치의 이념이 연결되는 것을 수용하기 어려워했고, 스탈린의 꼭두각시 노릇을 하던 공산주의 동독은 그의 동료 작가들을 범죄자로 취급하였기에 더욱 외면했다.

독일 문학의 대표자로 인정받았지만, 헤르만 헤세는 그 역할 수행을 거절했다. 당시 활발하게 활동하던 작가 토마스 만과 달리 그는 라디오 인터뷰도 고사하였고, 아들이 그의 생전 모습을 찍어 놓은 짧은 영상이 겨우 남겨진 것도 그의 동반자 니논 덕분이었다.

헤세는 심혈을 기울여 집필하는 책을 통해 자기에게 주어진 소명을 다하려고 했고, 그 이외의 말이나 행동으로 오해를 받을 수도 있는 일은 자제했던 것 같다. 헤세에게 헌신적이었던 니논은 단순히 그의 건강을 돌보는 가정주부로서의 역할보다는 뮤즈가 되고 싶어 했다. 하지만 헤세에게는 뮤즈가 필요 없었고, 집필을 위해 어느 여자도 필요로 하지 않았다. 헤세에게 예술은 현실에 저항하는 도구였고, 현실에 경도된 니논에게는 금욕적인 삶이 낯설고 아쉬웠다.

구도자처럼 절제된 삶을 살아가던 헤르만 헤세는 며칠 전 쓴 시를 책상에 남겨둔 채 세상을 떠났다.

꺾인 나뭇가지의 삐걱거림

갈라진 채 꺾인 나뭇가지

벌써 여러 해째 나무에 매달려,

바람결에 부르는 노래 마르게 삐걱대고,

나뭇잎도 껍질도 다 떨군 채,

벗겨지고, 색 바랜 너무 오랜 삶,

너무 오랜 죽음에 지쳐 버렸네.

거칠고 끈질기게 부르는 노래,

고집스러운 외침, 몰래 숨기는 두려움,

또 한 번의 여름,

또 한 번의 겨울.

평소와 다름없이 니논은 소파에 누운 헤세를 위해 책을 낭독하고, 잠자리에 들었다. 헤세는 라디오에서 흘러나오는 모차르트 피아노 소나타 7번 C장조 작품번호 KV309를 혼자 남아 더 들었다. 다음날 아침, 헤세의 방에서 인기척이 나지 않아 니논은 떨리는 마음으로 조심스럽게 방문을 열고 그의 죽음을 확인했다. 의사의 진단명은 뇌졸중. 또 한 번의 여름과 겨울을 맞이하지 못하고, 그의 소원처럼 고통 없이 생을 마감했다.

평소와 같은 자세로 누워 눈을 감은 채 평화롭고 긴장하지 않은 모습이었다. 자신에게 주어진 에너지를 완전히 소진하고서, 파란 여름 하늘의 흰 구름처럼 맑고 가볍게 숭고한 한 생애를 마친 것이다. 1962년 8월 9일.

◆

'방랑'이라는 단어는 여행을 떠날 때면 으레 뭔가 계획을 세워 길을 나서는 내게는 사전 속에 남아 있는 단어다. '간 곳을 정하지 않고 발길 닿는 대로 이리저리 떠돌아다님'이 본뜻이고, 헤르만 헤세가 1920년에 발표한 산문집의 제목이다.

총 13편의 단편 모음집인 이 책은 헤르만 헤세가 직접 그린 수채화 삽화들과 함께 그의 마음, 삶의 자세와 그가 생각하는 인생관을 엿볼 수 있는 책이다. '방랑자'는 헤르만 헤세를 대표적으로 수식하는 단어이기도 하다.

소유한 것을 지키고, 정착한 사람들의 충성심과 미덕에 행운이 깃들기를! 나는 그런 사람들에 대해 사랑, 존경, 부러움을 느낀다. 그러나 그런 미덕을 추종하려고 노력하느라 지난 반평생을 낭비했다. 내가 아닌 내가 되려고 했던 것이다.

나는 시인이 되고 싶었지만, 한편으로는 일반 시민이 되고 싶었다. 나는 공상의 세계를 살아가는 예술가가 되고 싶었지만, 한편으로는 고향의 삶을 즐기는 미덕을 겸비하고 싶었다. 그 두 가지가 양립할 수 없다는 것을 알게 되기까지 오랜 시간이 걸렸다.

나는 유목민이었지, 농부가 아니었고, 찾아 나서는 사람이
지, 소유한 것을 지키려는 사람이 아니었다. 오랫동안 나는
내게 단지 우상이었을 뿐인 여러 신들과 법칙을 숭배하려
나 자신을 학대하는 고행의 길을 걸었다. 그것이 나의 오류
고, 괴로움이고, 이 세상의 고통에 대한 나의 공조였다.

나는 나 자신에게 폭력을 가하고, 구원을 향한 길로 접어들
용기를 내지 못하면서 이 세상에 더 많은 죄를 범하고, 고통
을 증대시켰다. 구원의 길은 왼쪽으로도, 오른쪽으로도 뻗
어가지 않은 채 자기 자신의 마음으로 향하고, 오직 그곳에
만 신이 있고, 그곳에만 평화가 있다.

_ 〈농부의 집〉 중에서

1951년 훗날 독일에서 가장 큰 문학 전문 출판사 주
어캄프의 사장이 된 지그프리드 운젤드는 이 책《방랑》
을 손에 쥐고 독일에서 스위스 몬타뇰라까지 헤세를 만
나기 위해 아주 먼 여행을 했다. 그러나 그가 도착지에서
마주한 것은 '방문 사절'과 난감한 안내문뿐이었다. 헤세

를 주제로 박사 하위를 받은 그는 다행히 헤세를 만나 담소를 나누었고, 책 영업 사원이었던 그를 헤세가 주어캄프에 추천해 준 덕분에 출판사에 입사하고, 최고 경영자까지 되는 인연을 맺었다.

내게도《방랑》은 글 첫머리에 적었던 것처럼 깊은 인연이 있기에 어쩌면 '환갑' 같은 책이다. 스위스에서 돌아와 몇 년 후, 내게《좀머 씨 이야기》를 보내와 번역하게 해 준 스위스 친구 우술라 쿤츠가 내게 처음 선물한 책이《방랑》이기 때문이다. 인생의 인연이란 참 불가사의하고 소중하다.

◆

헤르만 헤세는 평생 1,400편이 넘는 시를 썼다. 이 엄청난 숫자는 그가 시를 어떻게 대하는지 극명하게 보여 주는 수치다. 그의 인생 철학이 녹아 있는 시들은 교조적이지 않다. 그는 끔찍한 전쟁과 오랜 병고를 겪으면서도 삶에 대한 낙관적인 자세를 유지했다. 〈계단〉에서 그는 이렇게 역설했다.

> 우리는 모든 단계를 경쾌하게 지나가야 한다.
> 그 어떤 곳에도 고향처럼 집착하지 말고.
> 우주의 정신은 우리를 붙잡거나, 구속하지 않는다.

헤세는 새로운 경험에 항상 열려 있을 것과 새로운 도전에 두려워하지 말 것을 격려했다.

그의 시집 《계단》은 특히 특별하다. 그가 사망하기 일 년 전에 그동안 쓴 자작시 중에서 240편을 직접 선별 해 하나의 시집으로 묶어낸 책이기 때문이다. 국내에 많 이 알려진 시들이 포함되어 있다. 그중에 50편을 다시 골 라 《방랑》과 함께 한 책으로 묶었다.

하나하나 그야말로 주옥같은 시들이 내 마음에 깊은 울림을 주었다. 인생을 하나의 작품을 완성하듯 살아간 그의 조용하지만 강한 치열함. 원칙에 완고한 그의 신념. 어떤 환경에서도 굴하지 않은 그의 구도자적인 숭고함에 나는 크게 감동받았다.

내가 가장 좋아한 시는 〈혼자〉다.

혼자

땅 위에

많은 도로와 길이 나 있지만

모두 같은 목적지를 향한다.

말을 타고 가도 되고, 차를 타도 되고,

둘이 혹은 셋이 갈 수 있지만

마지막 한 걸음은

혼자 내디뎌야 한다.

그러므로 어떤 지식이나 능력도

혼자서 모든 어려움을

헤쳐 나가기에 충분하지 않다.

그렇다. 모든 것을 완벽하게 혼자 해 낼 수 있는 사람은 세상에 아무도 없다. 84년도에 번역을 처음 하기 시작했으니 이제 사십 년이 되었다. 번역 작업에 몰두하면 눈은 뜨고 있으되 생각은 아주 먼 곳에 가 있는 생활을 반복하기를 여러 번. 그 무심한 결핍을 묵묵히 곁에서 참아 준 남편 최순영 씨에게 큰 감사의 인사를 전하고 싶다. 그리고 묵은 원고를 부활시켜 준 북커스 이동은 주간님께도 감사의 인사를 드리며, 부디 이 책이 우리 독자들에게 헤르만 헤세의 청량한 미소처럼 잔잔한 울림을 전해 주기를 마음 깊이 빈다.

2024년 가을,

옮긴이 유혜자

헤르만 헤세의 삶, 1877~1962

1877년 7월 2일, 독일 남부의 소도시 칼브에서 선교사 부부인 요한네스
       헤세와 마리 헤세의 장남으로 태어났다.

1881년 가족 모두 바젤로 이사했다.

1886년 칼브로 귀향했다.

1890년 괴핑겐에서 라틴학교를 다녔다.

1891년 마울브론 신학교 입학 시험을 치뤘다.

1892년 마울브론 신학교를 7개월 만에 자퇴하고 자살을 시도했다. 슈테
       텐의 정신병원에서 요양했고, 11월 칸슈타트에서 고등학교에 입
       학했다.

1893년 에스링엔에서 서점 점원 교육을 3일간 받았다.

1894년 칼브의 시계 공장 페롯에서 14개월 동안 견습생으로 일했다.

1895년 튀빙엔 헥켄하우어 서점에서 점원으로 일했다.

1896년 「독일 시인의 집」에 시를 처음 발표했다.

1898년 《낭만적인 노래》출간.

1899년 단편집 《한밤중의 한 시간》 출간. 바젤로 이주했다. 제국서점에
       서 1901년 1월까지 점원으로 일했다.

1900년 「알게마이네 슈바이처 차이퉁」에 정기적으로 기고를 시작했다.

1901년 첫 번째 이탈리아 여행. 고서점 바텐빌에서 3월부터 5월까지 근
무했다. 《헤르만의 엿듣기》출간.

1902년 어머니 마리 헤세 사망.

1903년 두 번째 이탈리아 여행. 바젤 출신의 사진작가 마리아 베르노울
리와 동행했다.

1904년 《페터 카멘친트》가 판매 신기록 달성. 마리아 베르노울리와 결혼
한 후 전업작가로 활동하기 시작했다.

1905년 첫 아들 브루노 헤세 출생.

1906년 《수레바퀴 아래서》출간.

1909년 둘째 아들 하이너 헤세 출생.

1910년 《게르트루트》출간.

1911년 셋째 아들 마틴 헤세 출생. 인도를 여행했다.

1912년 스위스로 이민. 베른의 '벨티 하우스'에 입주했다.

1913년 《인도에서》출간.

1914년 제1차 세계대전 발발. 지원 입대했으나 부적응자로 판명받았다.
《로스할데》출간.

1915년 베른의 독일 공사관에 배치되어 전쟁 포로를 돌보는 임무를 맡아
1919년까지 일했다. 「독일군 전쟁 포로를 위한 일요소식지」발
간. 《크눌프》출간.

1916년 아버지 요한네스 헤세 사망. 부인 마리아 베르노울리의 신경 쇠
약 증세 악화. 탈진으로 루체른의 존마트 요양원에 입원. 정신
분석가 J.B. 랑과 우정을 나누었고, 첫 번째 정신분석 치료를 받
았다.

1917년 필명 '에밀 싱클레어'로 전쟁을 반대하는 글을 써서 기고. 규칙적
으로 그림을 그리기 시작했다.

1919년 《차라투스트라의 귀환》출간. 가족을 두고 혼자 스위스 테신의
몬타뇰라로 떠나 카사 카무지에 정착했다. 《데미안》출간.

1920년 헤세가 가장 활발하게 작품활동을 한 해. 《클링조어의 마지막 여

름〉, 《클라인과 바그 너》, 《방랑》, 《혼란 속으로 향한 시선》 출간.

1921년 《싯다르타》의 초반부 집필. 심한 우울증으로 취리히 퀴스나흐트에서 칼 융을 만나 정신분석 치료를 받았다.

1922년 수년간 정신병원에 입원을 지속해야 했던 마리아 베르노울리와 이혼.

1924년 스위스 국적 다시 취득. 루트 벵거와 재혼.

1925년 《요양객》 발표.

1926년 프러시아 아카데미 회원으로 가입했다. (1931년 탈퇴)

1927년 루트 벵거와 이혼. 《뉘른베르그 여행》, 《황야의 늑대》 출간.

1928년 시집 《위기》 출간.

1930년 《나르치스와 골드문트》 출간.

1931년 니논 돌빈과 세 번째 결혼. 결혼 후 〈카사 로사〉(H.C. 부드머가 헤세를 위해 건축하고, 평생 살도록 한 집)로 이주했다. 《유리알 유희》의 초반부 집필.

1932년 《동방순례》 출간.

1943년 《유리알 유희》 출간.

1946년 프랑크푸르트 암 마인시의 괴테상 수상. 《유리알 유희》로 노벨문학상 수상.

1950년 새롭게 문을 연 주어캄프 출판사의 전속 작가가 되었다.

1962년 85세의 나이로 8월 9일, 몬타뇰라에서 사망했다.

모든 길은 집으로 향한다

초판 1쇄 발행 2024년 10월 25일

지은이 헤르만 헤세
옮긴이 유혜자

주간 이동은
편집 김주현 성스레
미술 강현희
마케팅 사공성 김상권 장기석
제작 박장혁 전우석

발행처 북커스
발행인 정의선
이사 전수현

출판등록 2018년 5월 16일 제406-2018-000054호
주소 서울시 종로구 평창30길 10 (03004)
전화 02-394-5981~2(편집) 031-955-6980(마케팅)
팩스 031-955-6988

ⓒ 유혜자, 2024

ISBN 979-11-90118-78-1 (03850)

- 북커스(BOOKERS)는 (주)음악세계의 임프린트입니다.
- 값은 뒤표지에 있습니다.
- 파본이나 잘못된 책은 구입하신 서점에서 교환해 드립니다.